UNE FEMME NORMALE

Emilie Frèche a trente ans. Elle a déjà publié trois romans : *Les Vies denses*, *Une femme normale* (bientôt adapté au cinéma) et *Le Sourire de l'ange.*

DU MÊME AUTEUR

Les Vies denses
Ramsay, 2001

Le Sourire de l'ange
Ramsay, 2004

Le Film de Jacky Cukier
Anne Carrière, 2006

Émilie Frèche

UNE FEMME NORMALE

ROMAN

Éditions Ramsay

TEXTE INTÉGRAL

ISBN 2-02-068689-9
(ISBN 2-84114-622-7, 1re publication)

Je dédie ce quotidien
À ma mère, la seule femme de ma vie,
Aux coureurs, qui ignorent après qui ils courent,
Et aux misogynes, pour qu'ils aient de bonnes raisons
de nous détester.

Il y a des femmes qui sont comme le bâton enduit de confiture de roses dont parle le poète persan : on ne sait par quel bout les prendre.

ALPHONSE ALLAIS,
On n'est pas des bœufs.

Il faut choisir d'aimer les femmes ou de les connaître : il n'y a pas de milieu.

NICOLAS DE CHAMFORT,
Caractères et Anecdotes.

LES SANGUINS

La mère

Je la voulais depuis l'âge où j'ai commencé à jouer à la poupée. Je rêvais d'une petite rousse, avec de grands yeux verts et des taches de rousseur sur le nez. Dans ma tête, c'était une Irlandaise, allez savoir pourquoi… J'ai eu un fiancé au collège, sa mère était irlandaise, je la trouvais sublime. Ça vient peut-être de là… Oui, ma fille, je l'imaginais avec une peau très pâle, des boucles, des chaussures vernies… Vu mon physique et celui de son père, j'aurais dû me douter qu'elle sortirait aussi brune. Elle était poilue comme un singe, les infirmières n'en revenaient pas. Elle était poilue, mais c'était un beau bébé et je n'ai pas regretté une seconde l'Irlandaise qu'elle ne serait jamais. En plus, elle avait les yeux très clairs, ce qui m'a immédiatement consolée. Elle pesait trois kilos six cents et mesurait cinquante-deux centimètres.

On m'arrêtait dans la rue, figurez-vous, une agence m'a même proposé de l'engager pour une publicité.

Elle nous a donné sa première frayeur alors que nous fêtions ses huit jours. Il a fallu lui faire une ex-sanguine, elle avait la jaunisse. Son père et moi n'avions pas trente ans, nous étions paniqués ! Mis à part ce retour précipité à l'hôpital et les nuits passées devant son berceau à surveiller sa respiration, je n'ai pas beaucoup de souvenirs de ses premiers mois. Elle mangeait, pleurait, dormait, mangeait, dormait… c'était un nourrisson comme des millions d'autres. Je la déposais chez une nourrice en partant travailler, je la récupérais le soir en rentrant. En fait, je ne profitais d'elle que les week-ends. Mais c'était un bébé heureux. Elle riait tout le temps. Si vous l'aviez vue, avec ses petites fossettes… à croquer ! Elle était très énergique. Si énergique que mon pédiatre m'avait conseillé de la sangler à son matelas pour l'obliger à rester au lit – il pensait qu'elle finirait par s'endormir. Pensez-vous ! On l'a retrouvée à onze heures du soir à la porte du salon, à quatre pattes, le matelas sur le dos !

Quand sa sœur est arrivée, les choses se sont compliquées. Elle avait presque trois ans et pensait qu'on ne l'aimait plus. Il paraît que c'est une réaction parfaitement normale ; tous les enfants sont exclusifs avec leurs parents. Le pédopsychiatre avait beau me le répéter, cela ne m'empêchait pas d'être terrorisée chaque fois que je la voyais cracher sur sa sœur. Ma belle-mère lui prédisait de gros problèmes en grandissant : « Elle n'aura pas d'amis, pas de travail, ce sera une sauvage, tu verras ! » Ah, ma belle-mère… tout un programme !

Ma fille est parfaitement normale, aimée et aimable. C'est parce que je l'ai bourrée de carottes. En petits pots pour commencer, bouillies ensuite, puis en salade. Enfant, elle avait une mine superbe, de belles joues bien roses. Mais son visage d'ange ne l'a pas empêchée de nous en faire voir de toutes les couleurs. Je me souviens d'un retour de vacances, elle devait avoir seize ou dix-sept ans. Malgré mes réticences, on l'avait laissée seule à Paris pour qu'elle révise son bachot. Son père était plus laxiste, il m'avait convaincue. Quelle erreur ! Quand nous sommes rentrés, je n'ai pas reconnu ma fille. Jusqu'à la fin de l'année, elle est restée enfermée dans sa chambre, elle ne voulait plus nous parler, ne sortait que pour aller au lycée, et encore… Elle jouait les malades imaginaires, s'inventait des règles douloureuses et des maux de tête impossibles. Le docteur nous a dit qu'elle faisait une dépression. Sa première. Sa sœur la narguait, criait dans tout l'appartement qu'elle était amoureuse. Je ne sais toujours pas ce qui s'est passé pendant ces fameuses vacances de Pâques, mais on a vraiment dégusté. Elle haussait les épaules et levait les yeux au ciel chaque fois que je lui adressais la parole. Après avoir jalousé sa sœur, elle enviait sa mère, dixit le psychologue. La moindre remarque, et elle éclatait en sanglots. J'en voulais à son père de la consoler car, sans le savoir, il la confortait dans sa position d'enfant martyre. On ne peut pas dire qu'elle soit passée à côté de la crise d'adolescence. Je suis bien contente d'avoir eu mes filles assez jeune, car si j'avais dû vivre leur passage à l'âge adulte en même temps que ma ménopause, je crois que je ne m'en serais pas remise.

Professionnellement, elle ne nous a pas causé beaucoup de soucis. Elle a bien perdu un an en fac de droit, mais je pense que c'était plus par manque de maturité que par fainéantise. Comment voulez-vous qu'une enfant de dix-huit ans sache ce qu'elle souhaite faire dans la vie, c'est aberrant. Heureusement, elle a vite trouvé sa voie dans la publicité. Après coup, cela me paraît assez logique, elle a passé toute sa jeunesse devant la télévision. Aujourd'hui, je ne vous cache pas que je suis assez fière lorsque j'entends des slogans de son invention. Ça me fait tout bizarre... Mais je ne le dis pas, je ne veux pas qu'elle ait la tête qui enfle et que sa sœur, à son tour, la jalouse. Ce serait idiot, car il n'y a vraiment pas de quoi. Ma fille aînée n'a pas toujours connu la vie en rose, comme on dit.

Je savais qu'elle avait envie de quitter la maison, elle parlait sans arrêt de ses copines qui vivaient seules, dans un studio. Le studio !!! Ce qu'on a pu en entendre parler, de ce studio... Si j'avais su qu'elle serait prête à se faire faire un môme avec le premier venu pour avoir un petit chez-elle, je peux vous assurer que je le lui aurais acheté, son studio. Ce n'est pas par méchanceté que je dis « le premier venu », mais c'était vraiment le cas. Un pauvre type qui ne voyait pas plus loin que le bout de son nez. Je ne l'ai jamais aimé. La première fois que je l'ai rencontré, j'ai su à qui nous avions affaire. Il n'avait pas enlevé son manteau qu'il demandait déjà la main de ma fille, comme au jeu des sept familles ! Je n'ai jamais été favorable à ce mariage, mais nous étions au pied du mur : elle était enceinte de plus de trois mois. Immédiatement, je lui ai demandé si elle le gardait. Normal, non ? Eh bien, elle ne me l'a jamais pardonné. « Comment peux-tu me poser une question pareille, tu es vraiment immonde ! » Je n'y comprenais plus rien, elle m'avait lancé la même insulte quand j'avais hésité à l'autoriser à prendre la pilule quelques années auparavant. Pour ou contre la pilule, pour ou contre l'avortement, de toute façon j'étais « immonde » ! Les relations mère-fille, ce n'est pas la chose la plus simple qu'on ait inventée ! Pendant dix jours, elle n'a pas voulu me répondre au téléphone, alors tous les soirs, je priais pour qu'elle fasse une fausse couche. La nature ne m'a pas exaucée. Elle grossissait de jour en jour et, plus le temps passait, plus elle perdait la tête. Elle ne jurait que par ce type, à croire qu'elle n'avait plus de cerveau. Quand vous lui posiez une question, elle lui demandait son avis avant de se prononcer. C'était absolument insupportable. Elle ne faisait pas un geste sans son accord, abondait toujours dans son sens. Coûte que coûte, il avait raison. Même pour l'organisation de leur mariage, il avait raison. Je ne dis pas qu'un futur mari n'a pas son mot à dire, mais les femmes s'y connaissent tout de même mieux question fêtes. Je voulais leur organiser une jolie soirée, une soirée comme on sait en arranger. Y a rien eu à faire. Il ne voulait ni salle louée, ni dîner assis. « Un buffet, c'est plus cool », disait-il avec son accent de jeune... Croyez-vous qu'elle aurait objecté quelque chose, ma fille ? Elle n'a pas bronché. Je vous le dis, elle était devenue complètement folle, comme si ce type l'avait ensorcelée. Quand il l'a quittée, elle ne le sait pas, mais on a ouvert le champagne. C'est bien la seule chose sensée que cet homme ait faite. Avec son petit garçon, évidemment ! Je n'étais pas plus pour l'enfant que pour le mariage mais, quand ce petit bout de chou est arrivé, j'ai craqué. Il était tellement mignon, le portrait craché de ma fille. Il dort chez moi tous les mardis soir.

Depuis, elle a divorcé, mais j'ignore comment elle a vécu cette rupture. Elle n'en parlait jamais et, à cette époque, je ne la voyais pas beaucoup. J'étais moi-même en pleine séparation. Elle déclinait mes invitations, refusait de passer les vacances avec moi. Heureusement que j'avais encore ma mère... Ça n'a pas dû être facile pour elle, ce n'est jamais facile un divorce, mais je n'aurais pas pu l'aider. Je crois qu'elle s'en est tirée grâce à son travail. Elle bossait d'arrache-pied et, le reste du temps, elle s'occupait de son petit garçon. Je sais qu'une de ses amies, avec laquelle elle habitait, l'a beaucoup aidée. Je n'ai jamais rencontré cette fille et, maintenant que je vous en parle, je me demande ce qu'elle est devenue... Elle était yougoslave ou russe... enfin de l'Est.

J'étais ravie que ma fille soit libérée de ce grossier personnage, mais j'avais mal au cœur de la savoir seule avec son fils et une amie dans un studio de quarante mètres carrés. Je ne comprenais pas pourquoi elle avait fichu sa vie en l'air alors qu'elle avait tout pour être heureuse. Belle, intelligente, de bonne famille, et tout ça pour se retrouver fille mère à même pas vingt-cinq ans... Le père ne s'occupe pas de son fils. La pension qu'il donne est dérisoire, c'est honteux ! Si ce n'était pas pour le petit, je peux vous assurer qu'il y a longtemps que je lui aurais mis ma main à travers la figure ! Heureusement qu'elle a retrouvé quelqu'un de bien. Son deuxième mari est un chic type. Pas très drôle, pas vraiment brillant, mais il a au moins la qualité d'être un homme responsable. Je sais qu'avec lui ma fille ne manquera jamais de rien. Ils vivent ensemble depuis bientôt dix ans, maintenant. Ils ont une petite fille, ravissante.

Je n'ai jamais été très proche de ma fille. On s'aime, bien sûr, on s'aime comme peuvent s'aimer une mère et une fille, mais disons que nous ne sommes pas des amies. Je ne sais rien de sa vie, de ses problèmes, de son quotidien. Elle prétend toujours qu'elle va très bien et moi, je fais de même. On est pudiques, on « s'autoprotège ». Je pensais que nos relations changeraient le jour où elle deviendrait mère à son tour. Je me suis trompée. Une génération nous sépare, comme une frontière infranchissable, et nos mondes ne peuvent entretenir que des relations diplomatiques. Je me réconforte en me disant qu'au moins on ne se fâchera jamais.

Le père

Quand j'ai su que c'était une fille, j'ai dit à ma femme : « Dans ma vie, j'ai tout réussi, sauf elle. Je voulais un garçon. » Pendant deux jours, je ne suis pas parvenu à la prendre dans mes bras ; j'avais peur de la casser. J'étais jeune et con. Un jeune con ! Le bon Dieu a dû me punir pour avoir sorti une bêtise pareille, car mon deuxième enfant a aussi été une fille. Mais je peux vous dire qu'aujourd'hui je remercie le Ciel tous les jours. C'est formidable, les filles ! C'est bien connu, elles sont toujours amoureuses de leur papa.

J'aime mes deux enfants de la même manière, je vous assure, je ne fais absolument aucune différence, mais elle… comment vous dire, elle… elle, c'est spécial. C'est l'aînée. Si vous saviez comme je l'aime… Rien que d'en parler, j'ai les larmes aux yeux. C'est ridicule, non ? Il faut dire qu'on a toujours eu des relations privilégiées. Je l'emmenais partout, aux puces de Saint-Ouen, au marché aux timbres derrière l'Élysée, au billard de la place Clichy… Avec moi, elle avait une vie d'adulte. Le dimanche, on quittait la maison avant huit heures, on allait chiner à Vanves, on se prenait un petit café – elle un lait fraise – puis on filait sur les quais chez les marchands de bonsaïs. Elle a toujours adoré les bonsaïs. Quand elle était petite, elle les appelait les « bébés arbres », ça me faisait craquer. Sa fille de six ans les appelle aussi comme ça. Avant de rentrer à la maison, on s'arrêtait dans le Marais pour avaler un *chawarma*. Elle n'avait pas du tout des goûts d'enfant, le steak-frites, c'était pas son truc. On s'amusait bien… Sa mère faisait le sale boulot : le couvre-feu, les devoirs, les dents, les médecins, alors bien sûr, elle m'a toujours trouvé plus « sympa ». C'est injuste, je sais, mais je n'y peux rien. Quand sa mère la grondait, je ne pouvais m'empêcher de lui lancer un petit clin d'œil, en douce. J'ai beaucoup souffert de mes rapports avec mes parents, je ne voulais pas reproduire le schéma. J'ai tout mis en œuvre pour qu'elle m'aime. Sa mère s'est fait respecter pour son autorité, et moi, pour l'intimité que j'ai su installer entre nous. Cette gosse m'aimait tellement qu'un moment j'ai eu peur. Je me suis dit qu'elle serait incapable de trouver un mari. Pensez-vous ! Elle les fait tous tomber. Je le vois bien quand on sort, les types la reluquent comme des malades. Je ne dis pas ça parce que c'est ma fille, mais elle est vraiment sublime. Racée, douce, élégante. Et drôle, en plus.

Tous les lundis matin, on se retrouve dans un café dont je ne vous donnerai pas le nom, et elle me raconte des histoires à hurler de rire. Ce rendez-vous hebdomadaire, c'est notre façon de commencer la semaine ensemble. Parfois, on ne se parle pas. On lit la presse, on se sourit, et cela nous suffit. Nous sommes tous les deux. Ce qui est formidable, c'est que personne n'est au courant. Lorsque l'on habitait encore ensemble et que je venais lui embrasser le front le dimanche soir, eh bien, nous étions seuls à savoir que le lendemain, nous nous retrouverions. Elle séchait les cours. Au début, on culpabilisait, mais comme elle était bonne élève, ce n'était pas grave. Par la suite, elle s'est arrangée pour ne suivre aucun cours le lundi matin. Moi-même, je ne prends jamais de rendez-vous. Les serveurs, au café, sont persuadés que nous sommes des amants. On joue le jeu, même si parfois je suis gêné de passer pour le pervers de service. Par provocation, elle me tient la main, me fait de gros et tendres baisers sur la joue. Si je lui dis de s'arrêter, elle continue de plus belle. Maintenant, j'ai compris, je ne proteste plus.

Je lui ai transmis ma passion des bonsaïs et, aujourd'hui, elle en est plus férue que moi. Elle en achète tout le temps. Sa dernière acquisition est un érable miniature absolument sublime. Elle n'a pas voulu me dire le prix, mais il a dû lui coûter une petite fortune. Elle l'a déniché chez un marchand où elle m'a promis de m'emmener. Nous devons y aller lundi prochain, après le café. Elle a le même problème que j'avais avec sa mère : son mari déteste les bonsaïs. Résultat, je ne peux plus lui en offrir. Je ne comprends pas cette haine. J'admets que ces arbres miniatures demandent de l'entretien, mais ce n'est rien à côté d'un animal domestique ou d'un enfant ! Les gens sont vraiment bizarres. Pour lui éviter tout souci, je les lui prends en gardiennage. Elle n'est jamais déçue, je les soigne comme la prunelle de mes yeux. Je les bichonne, les taille, les nourris. Quand elle vient chez moi, elle les trouve en pleine forme. Son premier mari n'était peut-être pas une flèche mais, au moins, il partageait notre passion. On se retrouvait le dimanche matin pour faire les quais. C'était bien, j'avais l'impression que ma fille n'avait pas grandi. Ce type avait un flair ! Il trouvait toujours des trucs incroyables, dénichait des techniques de taille venues tout droit d'Asie qui permettaient de rallonger la vie des bonsaïs. Rien que pour ça, je l'adorais. Ma femme le détestait. Je ne lui ai jamais dit qu'on se voyait, elle m'aurait égorgé. Quand ma fille et lui se sont quittés, j'ai continué de le fréquenter. Ça, ma fille ne le sait pas. Il ne faut pas lui répéter, elle ne me le pardonnerait pas, mais je n'ai pas réussi à me passer de ses précieux conseils.

Quand je vous disais tout à l'heure que j'avais les larmes aux yeux, je vous ai un peu menti. J'ai bien les larmes aux yeux, mais ce n'est pas parce que j'aime trop ma fille. Ses enfants, on ne les aime jamais assez. Si j'ai le cœur serré, c'est que je ne vis que pour ces parenthèses enchantées, offertes à nous seuls, et que je sais qu'elles vont se terminer. Je suis condamné. Je connais ma prochaine adresse : allée C rang 8, Père-Lachaise, Paris vingtième, mais j'ignore la date de mon emménagement. J'y serai installé avant l'été, c'est sûr. Mon cancérologue n'en doute pas une seconde, il dit qu'avec un peu de chance, au mois de mai, ce sera terminé. Je n'ose pas avouer à ma fille que j'ai des métastases qui me bouffent le colon et l'intestin, le foie et peut-être même le cerveau. Je préférerais me suicider que de la voir pleurer. Je lui ai déjà fait suffisamment de peine en quittant sa mère. Mais que voulez-vous, je n'allais pas transformer la femme de ma vie en infirmière et notre appartement en hôpital. Vous imaginez ? Si j'étais resté avec ma femme, elle ferait Trocadéro-Villejuif deux fois par semaine depuis quinze ans. Eh oui, quinze ans ! Quinze putaines d'années que je me coltine cette épée de Damoclès au-dessus de la tête, quinze piges que je suis en sursis…

Depuis que je sais que c'est pour l'été, je ne peux m'empêcher d'avoir un nœud à l'estomac en me rendant au café. De loin, je l'observe devant son crème, la tête collée contre la vitre, et j'ai envie de me sauver à toute allure. Chaque fois, je veux lui poser un lapin. Ça la mettrait en rogne, je ne lui donnerais plus de nouvelles et elle finirait bien par me haïr. Elle viendrait à mon enterrement par politesse, mais elle serait incapable de verser une larme. Je lui aurais causé trop de chagrin pour qu'elle en éprouve encore le jour de ma mort. Je n'y arrive jamais. Je pousse la porte du café et, comme si elle savait d'avance qui entre, elle relève la tête, son visage illuminé par un radieux sourire. Ces derniers temps, elle a remarqué que j'avais une mine un peu grise, mais elle ne s'inquiète pas. Comment le pourrait-elle ? Je ne suis pas un homme, je suis son père.

La sœur

C'est un peu difficile de vous parler de ma sœur, car nos relations sont absolument factices. Notre lien sanguin nous oblige à faire semblant. Ce serait une étrangère, nous ne nous serions sans doute jamais rencontrées. Mais on ne choisit pas sa famille, comme on dit…

Enfants, nous nous disputions telles deux chiffonnières. Elle n'a que trois ans de plus que moi, mais elle s'est toujours comportée comme si elle en avait quinze de plus. Madame je-sais-tout. Elle n'a jamais cessé de me faire la morale, me répétant que j'étais gnian-gnian, coincée. Je crois que ma sœur a toujours été un peu jalouse de mon équilibre. J'ai trouvé ma voie immédiatement – sans, comme elle, perdre un an en droit –, j'ai épousé mon premier amour et nous sommes toujours ensemble, j'ai eu trois enfants exemplaires... Je ne me lance pas de fleurs, mais mon parcours est assez enviable, une vie comme un long fleuve tranquille, si je puis dire. Elle se rassure en prétendant que mon existence l'assommerait, mais au fond, je suis certaine qu'elle rêve de cette vie. Qui n'en rêverait pas ?

J'aurais pensé que madame je-sais-tout s'en sortirait quand même un peu mieux. Elle avait l'air si sûre d'elle, si sûre de ses choix...

Sa vie est un échec. Deux maris (le premier était plutôt bien, il faut l'avouer), deux enfants mal dans leur peau, un travail qu'elle n'aime pas, des problèmes d'argent... Le tableau n'est pas brillant, pour preuve, voilà maintenant dix ans que son psychanalyste la suit. Elle n'en parle jamais, mais aux réunions de famille, elle va sans arrêt aux toilettes pour avaler des anxiolytiques. Je le sais, j'ai fouillé dans son sac. Elle ne va pas bien, ma sœur, et le pire, c'est qu'elle fait souffrir tout le monde. Toute mon enfance elle m'a fait souffrir, mais je suis toujours passée pour le bourreau car elle joue si bien les martyrs qu'on lui donnerait le bon

Dieu sans confession. Nos rapports se sont véritablement dégradés lorsqu'elle a rencontré son premier mari. Elle était en première, moi en quatrième et je lui avais confié que j'aimais un garçon plus âgé que moi. Je ne lui avais pas dit qui, mais elle le savait ! Elle ne pouvait pas ne pas le savoir ! Eh bien, elle lui a mis le grappin dessus jusqu'à ce qu'il lui passe la bague au doigt ! Je ne lui pardonnerai jamais. Ce n'est pas qu'elle m'ait volé son premier mari… lui et moi, on ne se connaissait pas… Je croyais que j'étais amoureuse, mais c'était faux. J'étais amoureuse comme peut l'être une collégienne de treize ans d'un garçon de seize ans à qui elle n'a jamais adressé la parole… Non, elle ne me l'a pas volé, mais je lui en veux car elle a une sale mentalité : ce que les autres ont, elle le veut, c'est plus fort qu'elle.

Je ne suis pas la seule qu'elle ait fait souffrir. Mes parents, pour ne citer qu'eux, sont très malheureux de ne se trouver aucune affinité avec elle. Ils ont leurs défauts, mes parents, mais ce sont des gens bien. Ils ont tout fait pour nous offrir une vie douce. Ils ont sacrifié leurs amis, leur carrière, leurs loisirs… À l'époque, je ne réalisais pas, mais maintenant que j'ai des enfants, je me rends compte de leur bonté. Ma sœur est une fille ingrate. Elle ne les voit jamais, les appelle très rarement et, c'est horrible, mais je suis sûre qu'à leur mort elle se consolera à l'idée qu'elle aura les moyens de s'acheter une bonne centaine de bonsaïs. Elle n'aime qu'eux. Ces « bonsaïs chéris »... Mon père aussi les collectionne, mais pour eux, il ne vendrait pas sa famille. Elle, si.

C'est pour ses enfants que j'ai le plus de peine. Ils sont adorables, mais complètement paumés. Et leurs pères respectifs n'arrangent rien. Ils n'ont aucun poids sur ma sœur, qui ne sait pas les élever. Elle pense qu'une éducation bourgeoise ne mène à rien, sous-entendu la façon dont j'élève mes enfants est un désastre. De toute façon, elle méprise tout ce que j'entreprends. L'ultime humiliation à laquelle j'ai eu droit concerne mon travail. Lorsque mes enfants sont entrés à l'école primaire, j'ai eu un peu plus de temps pour moi, alors j'ai décidé de me mettre aux études. Je me suis mariée très jeune, je n'ai pas eu, comme ma sœur, la chance d'aller à l'université. Je souhaitais joindre l'utile à l'agréable, je cherchais un travail intéressant mais qui me laisserait tout de même le temps de m'occuper de mon foyer ; j'ai opté pour l'astrologie. L'intérêt des gens pour les horoscopes m'a toujours fascinée. J'ai suivi une formation accélérée que mon mari a eu la gentillesse de financer. C'était très intéressant, outre les cours d'astrologie pure, nous avions des séminaires de numérologie et de tarologie. J'ai obtenu mon diplôme il y a six mois, et un ami journaliste de mon mari m'a trouvé une place dans un mensuel féminin. Lorsque j'ai annoncé à ma sœur qu'elle pourrait désormais me lire tous les mois, vous savez ce qu'elle m'a répondu ? « Ma pauvre, t'es vraiment au bout du rouleau ! » Texto. Nous étions dix à table, il y avait nos parents, mes beaux-parents, les enfants… tout le monde ! Pendant vingt minutes, elle a cassé du sucre sur le dos des astrologues, la controverse sur la thèse d'Elizabeth Teissier est revenue sur le tapis. J'en ai marre d'Elizabeth Teissier, chaque fois que je parle de mon métier, on m'envoie son nom à la figure !

Ma sœur trouve toujours le moyen de ridiculiser chacune de mes entreprises. Qu'il s'agisse de mes cours de sculpture ou de mon engagement auprès des enfants malades, ce que je fais ne mérite pas sa considération. Lorsque j'organise des dîners de bienfaisance pour récolter des fonds en vue d'améliorer les conditions d'hospitalisation des enfants, elle s'arrange toujours pour me faire honte. Quand elle ne décommande pas à la dernière minute, laissant deux places vides à une table de huit personnes, elle vient déguisée. Elle enfile une vieille robe façon années soixante-dix absolument minable. Ou alors, ostensiblement, elle ne verse aucun don. Elle est jalouse, mon mari me l'assure et je devrais le croire. Il a raison. Elle ne supporte pas de me voir prendre de l'importance, sa place d'aînée ne l'y a pas préparée. Je sais pertinemment ce qu'elle pense : elle considère que je m'invente des intérêts pour des causes diverses, afin d'enrichir mon carnet d'adresses, voilà ce qu'elle pense !

Parfois, j'essaye de ne pas lui en vouloir, je me dis qu'elle doit être très malheureuse pour agir ainsi. Je crois qu'elle ne veut pas grandir. Il suffit de la voir pour le comprendre, on dirait une adolescente attardée : elle passe sa vie en jean baskets. Quand nous étions plus jeunes, elle s'en achetait un par semaine : délavé, brut, denim, stone washed ou je ne sais quoi. Elle doit certainement continuer. Même si nous ne nous retrouvons que le dimanche, quand je la vois habillée comme ça, eh bien, de nouveau j'ai honte. Surtout vis-à-vis de mes beaux-parents. Ils appartiennent à une vieille famille française et sont très respectueux des convenances. Par courtoisie, ils ne me font aucune remarque, mais je sais qu'ils prennent ma sœur pour une dévergondée. Ils la traitent poliment de « décadente ». Je souffre tellement d'avoir une sœur pareille qu'au début j'essayais de la changer ; je lui offrais des foulards de marque, des accessoires un peu chics... J'ai vite compris que je me ruinais pour rien, car elle n'a jamais porté un seul de mes cadeaux ! Pas même pour me faire plaisir ! J'ai fini par lui dire ce que mes beaux-parents pensaient d'elle, croyant que leur opinion aurait sur elle une influence. Pensez-vous ! Vous savez ce qu'elle m'a répondu ? Je n'ose même pas vous le répéter, c'est tellement injuste, méchant, dégoûtant ! Elle les a traités de fachos. Vous m'avez bien entendue, de fachos ! Quand j'ai raconté cela à mon mari, il a éclaté de rire. Il y avait de quoi. Si mes beaux-parents étaient des fascistes, ils n'auraient pas un Noir à leur service depuis vingt ans et ils ne recevraient pas le mari de ma sœur chez eux.

Nos différences me font souffrir. J'ai du mal à accepter que nous ne pensons pas de la même manière alors que nous avons reçu la même éducation. On a partagé notre chambre jusqu'à l'âge de dix ans, on a toujours été dans la même école, on a reçu autant d'amour, autant de cadeaux. Quand on nous voit, aujourd'hui, on ne peut pas le croire. Tout nous oppose, à commencer par nos existences. La relation qu'elle entretient avec son mari en est le meilleur exemple. Ce qu'elle vit avec lui, c'est tout ce que mon mari et moi nous exécrons. Il s'occupe plus d'elle que de son enfant, lui parle comme à une fillette. Il rit de ses erreurs, s'émerveille à chacune de ses paroles. C'est impossible de déjeuner avec eux. Ils entretiennent un rapport père-fille assez malsain, très évident du fait de leur importante différence d'âge. Jusqu'à ses vingt-cinq ans, les minauderies de ma sœur étaient encore supportables, mais aujourd'hui, son comportement est pathétique.

Sa petite voix mielleuse, ses sourires en coin, cette façon qu'elle a de s'enchanter pour un oiseau ou un gâteau et de se passer la main dans les cheveux toutes les trente secondes, ça tape sur le système. Ma sœur n'est pas méchante, elle est seulement très crispante.

C'est terrible, mais je pense que le jour où mes parents ne seront plus là, nous ne nous verrons plus. Nous n'aurons plus aucune raison de nous voir. La Toussaint, les cimetières, ce n'est pas sa *cup of tea*, comme elle dit. Elle ne va jamais sur la tombe de ma grand-mère et, pourtant, elle l'adorait. Elle estime qu'elle n'a pas besoin de se recueillir une fois l'an devant un « lopin de terre » pour penser aux gens qu'elle aime. Tous les égoïstes disent la même chose. Depuis qu'elle est enfant, elle ne cesse de répéter qu'elle veut se faire incinérer. Elle souhaite que ses cendres soient balancées du haut de l'Arc de Triomphe, car les gens qu'elle connaît passent quotidiennement par l'Étoile. L'idée me terrifie, et le pire, c'est qu'elle raconte cela à sa petite fille de six ans. La gamine est complètement désaxée, elle parle de la mort comme de la vie.

Ma sœur n'était pas faite pour grandir. À l'âge de douze ans, elle a eu une méningite. Les médecins étaient très sceptiques, ils pensaient qu'elle avait une chance sur cinq de s'en sortir. Elle l'a prise et, bien sûr, j'en suis ravie. Mes parents et moi étions terrorisés car, même si elle semblait se moquer de tout, nous, nous l'aimions. Aujourd'hui, je ne sais plus... Je ne lui souhaite aucun mal, mais peut-être qu'au ciel elle nous aurait fait moins de peine... Et puis, je l'aurais vue plus souvent car, moi, je vais au Père-Lachaise toutes les semaines.

La fille

Le fils

Les gens disent que je lui ressemble étrangement et je n'en suis pas peu fier. C'est une jolie femme. Elle ne vaut pas une Cindy Crawford ou une Claudia Schiffer, mais elle a de l'allure. Elle est surtout très jeune. Quand elle vient me chercher et que je la vois, au milieu des mères et des femmes de ménage, j'ai l'impression qu'elle pourrait être ma grande sœur. C'est un avantage énorme, car cela m'évite de ressentir la honte qu'ont mes amis dès que leur mère est là. Par exemple, je ne lui ai jamais demandé de m'attendre au coin de la rue, comme font certains de mes camarades dont je ne citerai pas le nom.

Les gens disent aussi que je suis surdoué. Si cela a un sens, alors, c'est à ma mère que je le dois. Elle n'est pas brillante, mais elle fait tout pour que je le devienne. Lorsqu'elle s'est séparée de mon père et que nous nous sommes installés dans un studio, elle s'est entièrement consacrée à mon éveil. Je ne m'en souviens plus, j'étais trop petit, mais j'ai feuilleté les bouquins qu'elle lisait à l'époque. *Comment sensibiliser son enfant ?*, *La Mère professeur*, *Les Bébés génies*, *Les Parents géniaux*… enfin, vous voyez le genre. Elle me réveillait avec Mahler et Chopin, me lisait *L'Iliade* pour m'endormir et, les week-ends, nous faisions tous les musées de Paris. C'est elle qui m'a appris à lire et à écrire. Marika s'est occupée de mon éducation roumaine et musicale. Elle joue du piano comme un dieu. Marika, c'est la seule amie de ma mère, elle est géniale. C'est une intellectuelle. Je l'ai toujours connue, elle habitait déjà avec nous dans le studio. Aujourd'hui, elle vit dans la chambre de service de notre appartement. Sa fenêtre et celle de ma chambre donnent sur la même cour. Nous avons inventé un code de signaux lumineux pour communiquer, le soir. Quand mon beau-père m'oblige à aller dormir, Marika et moi, nous entrons en résistance.

J'ai donc eu une éducation un peu particulière. Je ne suis pas allé à la maternelle et j'ai sauté les deux premières classes de l'école primaire. Je remercie ma mère. Je trouve que l'école, en ce qui me concerne, est totalement inutile. J'aime mieux aller chez Colette, notre voisine. Elle a fait la guerre, elle, elle sait de quoi elle parle. Elle a connu Paris occupé, elle avait de faux papiers, elle cachait des gens dans sa cave. Ça, les profs n'en parlent jamais. Ils préfèrent nous montrer comment réécrire les textes classiques version *Loft*. Si on veut, on peut même se servir du dico, il est plein de mots à la mode. Je vous avoue que ça ne m'éclate pas vraiment. Paraphraser Aziz ou Steve me permettrait sans doute d'augmenter ma cote de popularité ou de préparer une carrière, mais le problème, c'est que j'ai pas envie de me retrouver séquestré pendant quatre mois devant huit millions de personnes. Je suis claustrophobe ET agoraphobe – ma mère l'a diagnostiqué dès mes deux ans. Je ne sais pas encore ce que je veux faire, mais ce qui est sûr, c'est que je ne prendrai pas le chemin de ma mère. Je trouve que les slogans publicitaires qu'elle invente sont parfaitement ringards. Ce n'est pas sa faute, elle doit faire avec la loi du marché, mais bon… Je me dis qu'au moins cela lui permet de gagner de l'argent et d'être libre. Elle n'est pas à la botte de mon beau-père, comme l'est ma tante avec son mari ou ma grand-mère avec le sien. Mon beau-père est généreux, mais j'aime l'idée que ma mère n'a aucuns comptes à lui rendre. Elle n'en est que plus forte. J'aime les gens forts. Mon père, par exemple, ne l'a pas été assez, sinon il aurait gardé sa femme. Je n'ai peut-être que douze ans, mais je suis très lucide. Mon père n'a ni la culture, ni la classe de ma mère. Je comprends qu'elle l'ait laissé tomber. D'ailleurs, parce que c'est une femme élégante, elle dit que c'est lui qui l'a quittée et elle en dit toujours que du bien. En revanche, lui ne cesse de la critiquer et me raconte que c'est lui qui est parti. Les hommes blessés sont toujours menteurs et agressifs. J'espère que cela ne m'arrivera pas.

Ma mère et moi, nous sommes faits pareil. Nous n'avons pas besoin de nous parler pour nous comprendre : un regard nous suffit. J'entretiens avec elle des relations proches de celles qu'elle a avec mon grand-père. Je crois qu'elle nous préfère à tous parce que nous sommes des hommes, et ma mère est une femme à hommes.

Elle ne s'entend pas trop avec sa mère et sa sœur. Je la comprends. Ma tante est le calque de ma grand-mère, et ma grand-mère est une personne bien insignifiante. Pas méchante, pas gentille, pas belle, pas moche, pas triste, pas gaie… Elle n'a pas de passion, sauf celle de ressembler à quelqu'un de bien. Je ne lui connais aucun défaut et cela la rend très ennuyeuse. Quand je dors chez elle, tous les mardis soir, j'ai un mal de crâne insupportable. Ma tante profite du jour où je suis là pour lui rendre visite et me harceler avec sa voyance. Je connais son discours par cœur, complètement débile ! « Tout dépend de ton chemin de vie, vois-tu, toi c'est le 3, et le 3, c'est for-mi-da-ble, le 3, c'est le chiffre de l'enfant. Tu vas traverser les événements avec l'inconscience d'un enfant, tu te remettras toujours de tout ! » Il lui arrive aussi de me prédire les notes que j'aurai à mes contrôles, eh ben, elle se goure tout le temps ! Pas une fois elle m'a dit un truc juste. Je fais semblant d'être d'accord avec elle pour avoir la paix. Quand je répète à ma mère les bêtises qu'elle me raconte, elle éclate de rire. Elle me dit de ne pas lui en tenir rigueur. Ma mère est très tolérante. C'est une qualité dont je n'ai pas hérité, je ne supporte pas les gens idiots. Ils me rendent nerveux, je ne peux pas m'empêcher de les insulter, ils me font perdre le contrôle de moi-même. L'expression n'est pas de moi, mais du psy que ma mère m'a emmené voir à la suite d'une bagarre, à l'école. Le cancre de la classe, un gros boutonneux qui a redoublé deux fois, m'a traité de sale pédé parce que j'ai offert un pendentif à ma mère (pour la fête des Mères) sur lequel est gravé : « Maman je t'aime ». Je n'ai pas supporté, je lui ai envoyé ma main à travers la figure. Ce sont les femmes de la cantine qui nous ont séparés. On a été renvoyés trois jours. Non vraiment, les gens idiots, je ne peux pas. Ma mère me dit qu'il faut faire avec, le monde en est peuplé. Malheureusement, elle a raison et les réunions de famille en sont le meilleur exemple. Je suis toujours furieux quand je vois tous ces gens, bien médiocres à côté de ma mère, la regarder de haut. Ils la méprisent parce qu'elle est différente, ils sont agressifs parce qu'elle leur fait peur. Ce sont des racistes. Le pire de tous, c'est le mari de ma tante. Avec ma mère, on l'appelle « l'arbre de Noël ». Il a des décorations plein sa veste et parle comme s'il avait une patate chaude coincée entre sa langue et son palais. Ma mère ajoute qu'il a un balai dans le cul. Personne n'accepte qu'elle ait divorcé, et pourtant, je suis sûr qu'ils rêveraient tous de faire comme elle. Ma tante et son mari ne s'aiment plus, cela se voit comme le nez au milieu de la figure. Ils restent ensemble pour leurs enfants, mais leurs enfants, ils deviendront marteaux à force de les voir se disputer. Les parents croient bien faire et ils se plantent royalement, je suis bien placé pour en parler. Moi, je suis ravi que les miens soient divorcés. J'ai deux maisons, deux chambres, deux bibliothèques. Deux vies. Deux belles vies. Évidemment, je préférerais que ma sœur ne soit pas là, même si je l'aime bien. Je suis un enfant normal, je n'ai pas envie de partager ma mère et, depuis que ma sœur est née, je n'ai plus qu'une moitié de mère. Il y a plein de choses qu'on ne peut plus faire, maintenant que mon beau-père et ma sœur sont entrés dans notre vie. On ne peut plus passer nos dimanches porte de Vanves, on ne peut plus aller manger des sandwichs à Saint-Paul – mon beau-père déteste ça –, on ne peut plus dormir ensemble… À part ça, je l'aime bien, mon beau-père. Il adore ma mère et il fait tout pour que je l'accepte. Il m'achète plein de cadeaux, il m'emmène avec lui faire du moto-cross, il parle de moi à sa mère comme si j'étais son vrai fils… Et puis, je ne m'inquiète pas, je pense que ma mère finira par me revenir. Elle ne restera pas avec mon beau-père, elle s'en lassera. Elle se lasse de tout et de tout le monde. Sauf de moi. Ce n'est pas que je sois formidable, mais je lui tiens tête. Ça l'énerve. L'amour des autres se mérite, m'a-t-elle appris, alors je fais en sorte de mériter le sien. Je joue avec elle comme elle joue avec les autres. Quand elle me fixe une heure à laquelle je dois rentrer, je m'oblige à avoir une demi-heure de retard. Elle s'inquiète, juste ce qu'il faut pour m'aimer davantage. De la même façon, je me force à m'enfermer dans ma chambre après les cours et elle s'angoisse. Elle vient frapper, je ne lui ouvre pas. Elle se fait du souci. Pas plus que cela, bien sûr, je ne suis pas sadique, mais suffisamment pour que je reste toujours dans un petit coin de sa tête. Je ne voudrais pas l'ennuyer, ce serait terrible.

Parfois, je suis fatigué. J'aimerais lui dire que je suis triste ou que j'en ai marre, que ça ne va pas, mais je ne craque jamais. Je sais comment elle réagit quand les hommes lui parlent ainsi. Elle les envoie sur les roses. C'est plus fort qu'elle, elle ne supporte pas les faibles. Elle soupire, pianote dans le vide, déchire son paquet de cigarettes et rêve de s'enfuir. C'est un chat, ma mère. Il ne faut pas lui montrer qu'on l'aime ou qu'on a besoin d'elle, car elle se sent tout de suite étouffée. Elle a l'impression qu'on lui vole sa liberté. Il faut la laisser partir et attendre patiemment qu'elle revienne. Elle revient toujours. L'attente est souvent longue, mais quand elle se blottit contre vous, la journée n'est plus tout à fait la même. Moi, j'ai droit à ses câlins chaque soir, car chaque matin elle craint de me perdre. Elle me prend pour le chat, alors que je ne suis qu'une toute petite souris.

LES INTIMES

L'esthéticienne

Ni trop petite, ni trop grande, plutôt élégante, discrète... oui, c'est cela, « discrète », c'est exactement le mot. Elle est DISCRÈTE.

On n'a jamais rien su à son sujet. Nous, on fait notre travail ; elle en est contente et puis basta. La seule chose que je peux vous dire, c'est qu'elle est propre. Ça vous paraît peut-être bizarre ce que je vous dis là, mais ça ne coule pas de source. Depuis treize ans que je fais ce métier, je suis tombée sur de sacrés numéros ! Les bonnes femmes, faut pas croire, elles sont pas toutes comme dans les magazines. Elles passent leur temps à reluquer les pages « beauté » de tous les féminins, mais c'est pas pour ça qu'elles sont nickel. Allez voir un peu ce qui passe sous les pantalons, vous m'en direz des nouvelles ! Les pieds, par exemple, je pourrais en faire un roman. Comme neuf mois sur douze on porte des chaussures fermées, les femmes se croient dispensées de se faire des pédicures et quand je les récupère, en général à la veille du week-end de Pâques, eh bien croyez-moi, j'ai du boulot. Je mets bien un quart d'heure à les débarrasser de la corne. Et vas-y que je frotte, que je frotte… Je ponce tellement fort que je n'ai même plus besoin de faire les cours d'haltères au Gymnase Club ; en quinze jours, j'ai les bras musclés pour l'été. Bon, j'exagère…

Elle, c'est pas cela du tout. Je la vois tous les premiers vendredis de chaque mois. Qu'il vente, qu'il pleuve ou qu'il neige. Sauf les vendredis fériés, bien sûr. Dans ce cas-là, elle déplace son rendez-vous au jeudi, mais jamais au lundi. Elle dit que le week-end lui suffirait à se transformer en guenon. Non vraiment, elle est d'une extrême propreté. Très méticuleuse, très soigneuse. En général, les femmes comme elle ont des amants. Je ne dis pas qu'elle trompe son mari – je ne sais même pas si elle en a un –, mais faut être au début d'une relation pour être si perfectionniste. Moi je les vois les épouses, après dix ans de mariage, même les plus chipoteuses, elles se laissent aller.

Le premier vendredi de chaque mois donc, c'est le grand ravalement. Je ne prends aucun autre rendez-vous, je sais qu'on en a pour la matinée. On commence toujours par les pieds et les mains – petite astuce pour que le vernis soit sec au moment où la cliente quitte l'institut. Avec elle, je n'ai pas beaucoup de travail, deux, trois peaux par-ci, par-là, mais rien de méchant. Elle a de très jolis ongles, bien profonds. Elle apporte son vernis, un rouge vin auquel elle tient. Je lui ai souvent proposé de ne lui mettre qu'une base, je trouve qu'elle est le genre de femme à devoir rester naturelle. Elle n'a jamais voulu. Je crois que c'est à cause des petites taches blanches, le manque de calcium paraît-il, ça la complexe. Il n'y a pas de quoi pourtant, mais on se met parfois de ces choses dans la tête… allez savoir pourquoi.

Elle ne porte jamais de bijoux, sauf une plaque en argent autour du cou sur laquelle il y a écrit : « Maman je t'aime ». De deux choses l'une : ou elle est fan de sa mère, ou son enfant est dingue d'elle. Elle est aussi discrète dans sa façon de s'habiller que dans l'expression de sa douleur. Je ne l'ai jamais entendue ni crier, ni soupirer. Tout juste si elle serre les dents quand je lui fais le maillot. Et pourtant, avec le poil qu'elle a, je peux vous assurer qu'elle déguste. Un poil noir et dru, le pire de tous. Je dois repasser deux à trois fois sur chaque zone, sans compter la pince à épiler pour terminer. Côté pilosité, elle est vraiment pas vernie. Si je n'avais pas tenu un commerce, je lui aurais conseillé de se payer une épilation définitive. Mais comprenez-moi, cette histoire de laser a fait suffisamment de mal à notre profession pour que je n'aille pas, en plus, vanter ses mérites. Je lui ai vendu des ampoules à appliquer chaque jour pour ralentir la repousse. Un traitement assez cher, mais plutôt efficace. Peut-être que, sur elle, ça n'a pas marché ; elle n'a fait qu'une seule cure. Malgré cela, elle aime bien la maison. Faut reconnaître qu'on accepte des choses que d'autres instituts refuseraient. Je peux bien vous raconter, je ne suis ni médecin, ni avocate, je ne suis pas tenue au secret professionnel : elle exige qu'on lui retire tous les poils pubiens. Elle veut que ses lèvres ressemblent à celles d'une gamine de dix ans. On reçoit des tas de jeunes filles qui demandent une épilation très échancrée, un brésilien comme on dit, ou des découpes un peu loufoques... On en a une, par exemple, qui veut que sa toison ait la forme d'un cœur, mais elle, elle fait vraiment partie des cas. Tous les instituts ont leur part de clientes spéciales. Dans cette maison, cette catégorie est un peu plus importante qu'ailleurs. Vous savez, on en voit de toutes les couleurs dans notre métier, pas grand-chose ne nous étonne. Enfin bref, elle, elle ne veut plus un poil, plus rien. Et ce n'est pas dans tous les instituts qu'on peut redevenir une gamine de dix ans. Je ne vais pas vous faire un dessin, mais imaginez un peu les poses qu'il faut prendre pour obtenir un tel résultat! Elle n'est pas idiote, elle le sait. Ici, on n'a jamais compris ce désir. Elle a l'air équilibrée, bien dans sa peau. Ce pubis imberbe, ça ne va pas avec le personnage. On a toujours pensé qu'il y avait un homme derrière. Un homme un peu bizarre, avec des fantasmes un peu bizarres, le genre de type qui aurait pu finir devant les sorties d'écoles, si vous voyez ce que je veux dire. Je ne vois pas d'autre explication. Même si c'est une femme très propre, quelques poils bien placés ne devraient pas la déranger. Non, non, si elle s'épile le sexe, c'est qu'on veut qu'elle redevienne une enfant. J'en mettrais ma main à couper.

Ensuite, on passe au soin du visage. Elle a beaucoup de points noirs autour de la bouche et sur les ailes du nez. C'est la cigarette, ça brouille le teint. Toutes les fumeuses ont le même problème, j'ai beau leur dire, elles ne me croient pas. Elles pensent que les masques et les gommages ne sont pas efficaces, mais que voulez-vous, les produits de beauté ne sont pas des potions magiques. Ce ne sont que des compléments, je le dis toujours. C'est comme les drainages, si vous continuez de vous empiffrer, vous n'avez aucune chance de maigrir.

J'allume l'appareil d'ozone pour lui dilater les pores et je retire tout ce que je peux. Ce n'est pas facile, il faut enlever le maximum de sébum sans marquer la peau. Tout un art! Je lui fais un masque remodelant, histoire de retendre ses tissus. Je ne pourrais pas vous dire son âge. Avec les peaux grasses, c'est toujours plus difficile, elles vieillissent moins vite. Entre trente et trente-cinq, dans ces eaux-là... Ce dont je suis sûre, c'est qu'elle a de sacrés dérèglements hormonaux. De temps en temps, un sombre duvet lui pousse sur le menton, quand ce n'est pas des boutons d'acné. Elle met du fond de teint ou de l'anti-cernes et, si vous n'êtes pas un professionnel, vous ne voyez rien. Évidemment, en tant qu'esthéticienne, je peux vous dire tout de suite ce qu'elle a sur la peau, mais tout le monde n'a pas notre œil !

Sur sa vie privée, je serais bien incapable de vous apprendre quoi que ce soit. C'est curieux car je connais mieux que personne celle de mes autres clientes. Eh oui, qu'est-ce que vous croyez ? Les femmes viennent ici pour se faire belles, mais aussi pour se détendre. Nous sommes un peu leur psychologue, leur confidente... l'intimité de la cabine crée des liens, c'est indiscutable. Avec elle, ce n'est pas le cas. Dix ans d'épilation jambes complètes, pubis complet, aisselles, lèvres et sourcils, et je ne sais même pas si elle habite le quartier. Peut-être qu'elle n'y fait que travailler... peut-être qu'elle n'y fait que passer... Je suis sûre que, si je lui posais la question, elle me répondrait. C'est une personne très courtoise. Mais je n'ose pas. Dès qu'elle entre en cabine, elle s'installe sur le lit et se plonge dans un bouquin. Elle prend soin de me dire qu'elle doit le finir avant le soir, ce qui signifie qu'elle ne souhaite pas discuter. Je me retrouve alors face à un titre incompréhensible, toujours très sérieux et souvent déprimant. Elle en a un qu'elle aime beaucoup, elle le relit au moins une fois par an. *Sur les cimes du désespoir*, ça s'appelle. Avec un titre pareil, je ne peux pas lui demander si elle compte partir en vacances ou si les collections de la saison lui plaisent ! Elle surligne quasiment toutes les lignes au Stabilo.

J'ignore si elle a des enfants (je crois que oui, à cause du pendentif qu'elle porte autour du cou), un mari, des parents. Je crois qu'elle est avec un type bizarre, par déduction du pubis complètement épilé, mais c'est tout. Je crois aussi qu'elle est malheureuse, elle a quelque chose de triste dans le regard… et puis ce silence, cette distance… Elle a des problèmes, maintenant j'en suis certaine. Est-ce qu'on reste silencieuse dans une cabine d'esthétique ? Non mais franchement ?

Le gynécologue

Laissez-moi regarder ma fiche… Attendez, une minute… avec l'âge, je confonds un peu, c'est bien la petite-fille de ma première patiente, l'aînée des deux sœurs… Ah, voilà!… Bon sang! Vingt ans! Vingt ans, déjà! J'ai l'impression que c'était hier, je la revois encore, timide comme pas deux, accrochée aux jupons de sa mère… Incroyable! La première fois qu'elle est venue me voir, c'était le 24 mai 1982, elle venait juste d'avoir quatorze ans. Une enfant! Ça m'avait fait un choc de voir une belle plante pareille, imaginez un peu, c'est moi qui ai accouché sa maman… et la maman de sa maman. Je ne suis plus tout jeune, vous savez. Je suis ému de parler d'elle. Quand on suit les femmes d'une génération à l'autre, elles sont un peu de la famille… La métamorphose du corps a décidément quelque chose d'étrange.

Je vous disais, quand elle est venue la première fois, c'était pour un petit contrôle. À l'époque, sa mère l'accompagnait. Elle venait d'être réglée et elle avait des problèmes de peau, de l'acné, comme toutes les gamines. Son dermato lui avait conseillé un très bon traitement pour l'épiderme, mais aux conséquences hormonales importantes. Ce médicament, dont le nom m'échappe, est assez dangereux. Si vous tombez enceinte, vous avez deux chances sur trois d'avoir un enfant anormal, alors on donne systématiquement la pilule. Je lui en ai prescrit une à faible dosage. Attendez, laissez-moi regarder... Oui, c'est cela, très faible dosage, Cycla 20. Elle était fière, mais fière ! Elle se sentait femme et n'avait plus de règles douloureuses.

Je ne l'ai plus revue jusqu'à l'âge de vingt et un ans. Janvier 1989, c'est écrit sur sa fiche. J'étais vraiment très surpris, elle était enceinte de sept semaines, et je n'avais même pas reçu de faire-part pour son mariage. C'est qu'elle ne s'était pas mariée. Elle a fait un enfant avec « le premier venu, un garçon pas brillant », selon sa mère. Moi, je ne l'ai jamais rencontré, il n'est venu ni aux échographies, ni à l'accouchement. Je pense que ce n'est pas sa faute, tous les pères ont envie de voir grandir et naître leur enfant. Moi, par exemple, j'ai fait ce métier pour voir mon fils sortir du ventre de sa mère. Pourquoi « le premier venu », comme on l'appelle dans cette famille, n'aurait-il pas voulu connaître son embryon de fils ? La vérité, c'est que c'est elle qui l'en a empêché. C'est une sacrée tête, elle sait ce qu'elle veut. Sa mère ne me croit pas, mais les femmes, je les connais. Quarante-six ans d'exercice.

Sa première grossesse n'a pas été simple. Ses parents ont appris la chose en même temps que moi. Ils ont marié leur fille très vite – j'ai été invité, bien sûr – et la petite s'est installée chez son époux. Je crois que ça n'allait déjà pas fort entre eux. Elle avait l'air de porter toute la misère du monde sur ses épaules et j'avais beau lui dire que ce n'était pas bon pour le bébé, elle s'en moquait. Elle pleurait sans arrêt. Je me battais avec elle pour qu'elle arrête de fumer, mais, pardonnez-moi l'expression, c'était aussi utile que de pisser dans un violon. Résultat, son fils est asthmatique. Elle peut lui faire faire toutes les analyses du monde, moi je sais pourquoi ce gosse est malade.

Elle est retombée enceinte en 1991 et en 1993. Je n'ai jamais su de qui. Les deux fois, elle m'a répondu : « Un inconnu. » Je lui ai passé un savon… Avec tous les moyens de contraception qui existent à l'heure actuelle, je ne comprends pas qu'on puisse tomber enceinte si on ne le désire pas. Le temps où mademoiselle était fière de prendre la pilule était révolu : elle n'en voulait plus. C'est vrai que, quand on fume, il vaut mieux éviter, cela bouche les artères… Le stérilet, il n'en était pas question, et les préservatifs, elle n'en avait pas ce soir-là. Évidemment. Il était impensable qu'elle garde cet enfant – elle ne l'avait pas désiré, elle ignorait (soi-disant) qui était le père et, surtout, elle n'avait pas les moyens de l'élever –, je lui ai donc prescrit une IVG. Toutefois, je suis resté une heure entière avec elle afin de lui expliquer le fonctionnement de son corps. Je lui ai appris à connaître son cycle, ses jours d'ovulation, etc., etc. Sa courbe de température l'amusait beaucoup et je pensais qu'elle veillerait, à partir de ce moment-là, à ne plus prendre de risques inutiles. C'était mal la connaître. Deux ans plus tard, en 1993 donc, le scénario de 1991 s'est répété : mademoiselle était de nouveau enceinte et, de nouveau, le père était un « inconnu ». Si j'avais été un de ses parents, je lui en aurais collé une !

J'ai beaucoup insisté pour qu'elle garde cet enfant. D'abord parce que le délai légal d'interruption volontaire de grossesse était dépassé, ensuite parce que je craignais – à juste titre – qu'elle ait des difficultés à retomber enceinte. Aucun de mes sermons ne l'a convaincue : « Une femme n'a le droit de garder un enfant que si elle le désire violemment ; ce n'est pas mon cas, donc je ne le garde pas ! Et puis, vous m'avez raconté que vingt pour cent des grossesses se soldaient par une fausse couche, dites-vous que j'ai fait une fausse couche ! » Mes propos se retournaient contre moi, rien ne la faisait changer d'avis. Il a fallu que je l'envoie en Hollande, chez un de mes collègues. L'intervention n'a pas été facile, quelques complications dont je vous ferai grâce l'ont obligée à passer une semaine à l'hôpital. De retour à

Paris, elle souffrait toujours le martyre. Les anti-inflammatoires ne lui faisaient aucun effet. Et ce que je craignais est arrivé, elle a mis trois ans pour avoir sa fille. Le corps a son mot à dire, qu'est-ce que vous croyez ! Vous sapez son travail deux fois de suite, eh bien la troisième, c'est lui qui ne veut plus. Trois ans, trois longues années pour réparer les dommages causés par son inconscience... On lui a tout fait, biopsie de l'endomètre, fécondation in vitro, injection d'hormones et j'en passe ! Les tests ne révélaient aucune stérilité. En réalité, je crois qu'elle ne tombait pas enceinte pour des raisons strictement psychologiques : elle ne voulait pas de ce deuxième enfant. Son mari, lui, le désirait « violemment », il avait cinquante ans à l'époque et n'en avait encore jamais eu. Elle souhaitait simplement lui faire plaisir car, selon moi, son fils lui suffisait. Aujourd'hui, elle adore sa fille, mais je suis sûr qu'elle s'en serait passée.

Elle n'est pas très sérieuse, elle ne vient me voir qu'en cas de pépin. Elle est sujette aux kystes. Je lui en ai déjà enlevé plusieurs. Sa grand-mère avait le même problème. Les examens de contrôle, elle déteste. Je crois lui avoir fait le dernier frottis en 1997. En revanche, ma secrétaire la harcèle pour qu'elle vienne faire sa mammographie chaque année. Sur ce point, je suis intransigeant. Ce n'est pas que je veuille l'importuner, mais sa mère a eu un cancer du sein il y a une quinzaine d'années. Je préfère donc surveiller la fille. C'est une femme forte, sa mère… Quand elle est tombée malade, elle n'a rien voulu dire à ses enfants. C'était au moment de son divorce. Elle n'a pas compris pourquoi son mari l'avait quittée. Il n'avait tiré aucune sonnette d'alarme, il semblait très heureux et puis, du jour au lendemain, il a foutu le camp. Six mois plus tard, elle était à Villejuif en chimiothérapie. Heureusement, elle n'a pas perdu ses cheveux et personne n'a rien remarqué. Les gens pensaient qu'elle était fatiguée, tout simplement.

Je crois que si la fille tombait malade, elle aurait la même attitude que la mère. Dans cette famille, les femmes savent rester dignes. Elles ne supportent pas de se sentir diminuées. La grand-mère, la mère, la fille sont extrêmement coquettes. Je les ai toujours vues tirées à quatre épingles, maquillées, parfumées, pomponnées... Elles se ressemblent étrangement, et cette ressemblance est pour moi très précieuse: elle me permet d'anticiper les choses. Je m'apprête par exemple à déceler chez elle les premiers signes de la ménopause vers quarante-deux ans. C'est l'âge auquel c'est arrivé à sa mère. À l'époque, les traitements n'étaient pas ce qu'ils sont et, pour elle, cette période a été particulièrement difficile. Elle avait de violentes bouffées de chaleur, des crises de larmes incontrôlables. Bien que très jeune, elle ne se sentait plus femme. Sa fille me disait ne plus la supporter, mais je me demande qui pourra la souffrir lorsque, à son tour, elle vivra cette petite mort. J'espère que son mari et ses enfants sauront l'entourer, car ce sera pour elle un moment très dur. C'est une vraie femme, je ne l'imagine pas sans maux de ventre, sans maux de tête, sans émotivité. Les femmes se sont émancipées et c'est heureux, mais lorsqu'elles viennent me voir, elles retrouvent leur vraie nature: celle qui, à tout jamais, les différencie des hommes.

Je viens de retrouver quelques pièces, elles vous intéresseront certainement :

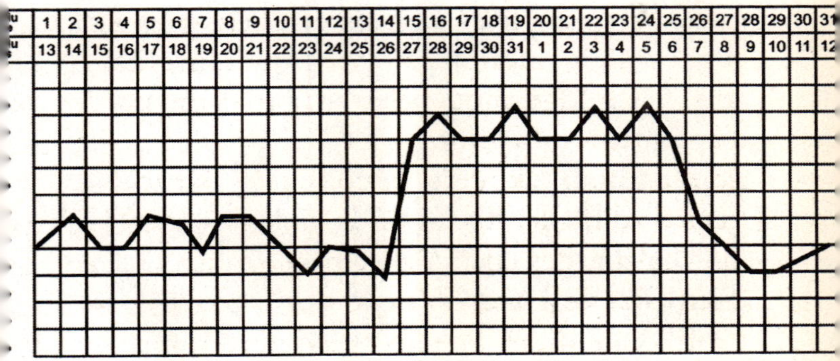

Sa courbe de température est biphasique, donc ovulatoire : vous remarquerez une hausse de température d'environ 0,5 degré entre le 16e et le 24e jour de son cycle, ce qui correspond, à peu près, au moment de son ovulation.

Et deux « photos-souvenirs » :

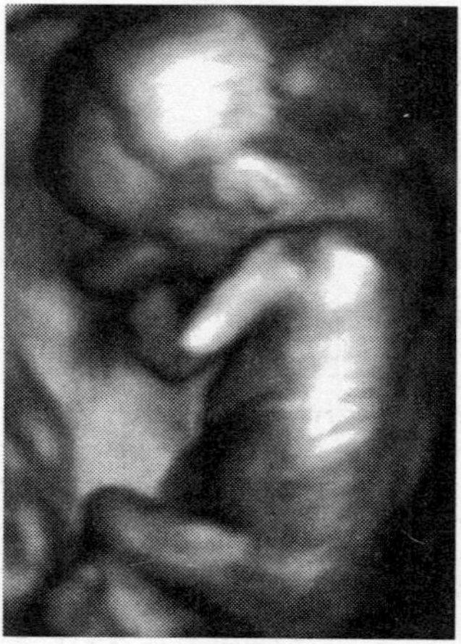

Échographie du 4/11/93

Juste avant l'avortement.
C'était une fille, sept semaines.

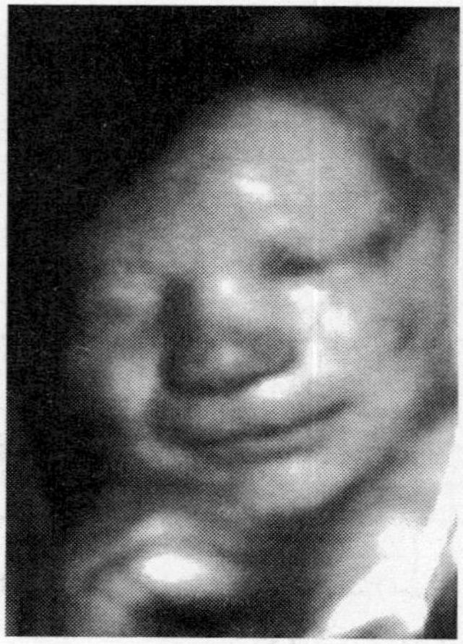

Échographie du 8/09/90

« Raphaël-embryon » a sept mois, il ne lui reste plus que trois semaines à passer dans le ventre de sa mère, mais à l'époque nous ne le savions pas encore ! Il lui ressemble déjà comme deux gouttes d'eau.

Le dentiste

Un jour, elle a débarqué au cabinet comme une furie. Il était sept ou huit heures du soir. Je ne l'avais jamais vue, sa joue avait triplé de volume. Elle n'arrivait même pas à me dire qui l'envoyait. Je l'ai prise sur-le-champ et heureusement : elle faisait un abcès. On a évité la septicémie de justesse. Elle n'avait pas consulté de dentiste depuis cinq ans. Si vous aviez vu l'état de sa bouche, c'était lamentable. Je n'ai jamais réussi à comprendre. C'est une femme bien, d'un milieu social élevé, propre, cultivée, informée… Il me paraît insensé qu'on puisse se laisser aller à ce point. Il y a des centaines de gens qui considèrent qu'on peut se passer d'aller chez le dentiste, mais non chez le coiffeur. Ils doivent penser que c'est un luxe, alors que tout arrive par les dents. On ne se rend pas compte de ce qu'on engloutit chaque jour et des microbes qui transitent par la bouche !

On avait tellement de travail à faire que, pendant six mois, je l'ai vue deux fois par semaine. Je lui ai arraché ses quatre dents de sagesse, j'ai retiré de vieux plombages qui se voyaient quand elle riait. À la place, on a mis de jolies céramiques et quelques implants. Superbe. L'intervention lui a coûté une petite fortune, mais ça valait la peine. Aujourd'hui, elle a une dentition extraordinaire et, pourtant, elle fume beaucoup. Je lui fais des détartrages régulièrement, j'utilise un nouveau procédé qui vient des États-Unis : « Sourire Hollywood ». Les résultats sont si remarquables que moi-même je me fais avoir. Quand elle me sourit, je craque. Et pas seulement quand elle me sourit, d'ailleurs. Elle n'est pas ce qu'on appelle une jolie fille, mais quelque chose en elle me touche. Elle a ce je-ne-sais-quoi, comme dirait la chanson, un petit truc en plus, imperceptible, qui me fait fondre. Plusieurs fois, je me suis surpris à trembler et, une fois, la fraise dans sa bouche a dérapé. J'étais confus car je lui avais entaillé l'intérieur de la joue.

Heureusement, elle était sous anesthésie, elle n'a rien senti.

En général, elle prend rendez-vous en fin de journée. Il nous est arrivé plusieurs fois de rester les derniers au cabinet. L'hiver, quand la nuit tombe tôt et que l'on est seul avec une femme, les mains dans sa bouche, on perd un peu le sens de la réalité. Le téléphone ne sonne plus, le poste de radio chante une vieille chanson qui vous rend nostalgique... la tuyauterie gargouille et vous ne pouvez vous empêcher de regarder plus souvent les jambes de votre patiente que ses prémolaires. Je suis dentiste, mais je suis un homme !

Un soir, nous sommes allés dîner. Il était tard, je lui avais dévitalisé une dent et je n'avais pas envie de la quitter. Je ne me souciais pas des explications que je devrais donner à ma femme en rentrant. J'avais envie de vivre un dîner en sa compagnie, j'étais certain qu'elle me dirait non, mais je lui ai quand même proposé un petit restaurant où je vais souvent. Elle m'a dit oui. Je ne pensais pas qu'elle me dirait oui. Je n'ai pas de préjugés mais quand une femme, de but en blanc, sans réfléchir, vous dit « oui », dans neuf cas sur dix, on sait comment ça se termine. En attrapant son bras dans le hall du cabinet, j'étais persuadé que je ne retrouverais pas ma femme avant trois ou quatre heures du matin. J'en étais certain jusqu'au café, aussi certain que le serveur qui nous avait accueillis par un chaleureux « Bonsoir, les amoureux ! ». (Depuis, il a été viré – le patron connaît ma femme.) Elle picorait dans mon assiette comme si on se fréquentait depuis toujours, me donnait des coups de genoux puis s'excusait sans conviction ; tout me laissait croire que c'était dans la poche. En sortant, c'est même elle qui m'a pris le bras. Le temps était doux, elle marchait lentement, un peu grisée, sa voix me chuchotait des banalités de circonstance... Et puis d'un coup d'un seul, comme le mistral dans le Midi, elle m'a dit au revoir et merci. Elle a levé le bras, un taxi s'est arrêté et je me suis retrouvé seul sur le trottoir. Il était onze heures du soir.

Ce dîner a été la seule occasion où on aurait pu déraper. Après, elle est devenue beaucoup plus distante et je n'ai jamais compris pourquoi. Elle m'a présenté ses enfants, qui sont devenus mes patients. J'étais très surpris qu'elle ait des enfants. J'aurais juré qu'elle n'était pas mariée puisque, après tout, elle avait accepté de dîner avec moi sans aucune hésitation. J'en avais conclu qu'elle était célibataire. Normal.

Aujourd'hui, je m'occupe aussi de son mari. Ils n'ont pas grand-chose à voir ensemble, mais c'est un type plutôt sympa. Je m'entends mieux avec lui qu'avec elle. On est devenus amis, on fait du moto-cross le week-end. Elle, elle ne vient jamais avec nous. J'ai tenté de le faire parler, non pas que je sois curieux, mais elle m'intrigue. Il ne m'a jamais rien raconté. Pas un mot. Ma femme l'a rencontrée car nous avons organisé plusieurs dîners. Elle ne l'aime pas. Elle ne la « sent » pas, pour reprendre ses mots. Je crois que ma femme a raison, cette fille est bizarre. Elle n'est pas très nette, il y a quelque chose qu'on ne saisit pas. C'est un peu ce que je vous disais tout à l'heure, ce je-ne-sais-quoi, il attire ou rebute, mais il est vraiment perceptible. Moi, ça m'énerve. Au début, je me suis fait prendre au jeu, comme la plupart des gens, j'en suis sûr. Vous savez, les hommes sont beaucoup plus simples que les femmes : on est excité ou on ne l'est pas. Cette femme me faisait de l'effet, je ne dis pas le contraire, mais aujourd'hui, j'en suis revenu. Je la trouve pathétique. Elle n'a plus vingt ans, et la voir jouer la comédie en permanence a quelque chose de vraiment insupportable. Passé trente ans, le côté midinette, ça fait de la peine. Elle a de ces manies… Par exemple, quand son portable sonne, elle le sort de son sac, le regarde longuement comme pour vous dire : « Mais qui m'appelle, encore ! » et elle ne répond pas. Dix secondes plus tard, la sonnerie de la messagerie se met en route, ça emmerde tout le monde, elle ne s'excuse pas – bien entendu – et, au dernier moment, elle décroche. Vous la verriez… On a l'impression que le président de la République vient de lui laisser un message. Elle fait des *ah* et des *oh*, regarde sa montre, sort son agenda… Deux baffes !

Pour être très franc, je pense que ce n'est pas quelqu'un de bien. C'est le genre de femme qui vous claque entre les doigts du jour au lendemain. Elle serait bien capable de laisser mari et enfants pour une simple aventure. Quand vous êtes jeune, c'est assez excitant... Vous vous demandez chaque matin si elle sera là le soir, vous avez le cœur qui bat quand votre téléphone sonne, vous surveillez vos paroles, tout le tralala... mais c'est vite lassant, ce cinéma ! Les gens sont persuadés que l'amour ne mérite d'être vécu que dans la souffrance, mais ils se plantent. Ils se plantent royalement. Avec ma femme, je n'ai jamais souffert et ça fait treize ans qu'on est ensemble. Peut-être qu'elle ne dort plus nue à mes côtés, que je suis au courant de chacun de ses faits et gestes, mais ce n'est pas pour cela qu'on ne s'aime plus. J'ai de la tendresse, du respect, de l'amitié, je ressens plein de choses pour ma femme ! Je suis certain que, pour une fille pareille, je n'aurais jamais développé tant de sentiments. Ah, oui, bien sûr, je l'aurais aimée comme un malade, mais après ? Ça aurait duré combien de temps ? Six mois, un an ? Je ne regrette vraiment pas qu'il ne se soit rien passé... Quand j'y pense, je l'imagine vieillissant, en peignoir, seule dans sa misère affective, et je peux vous assurer que je n'ai absolument aucun regret.

PS : Si vous avez du mal à l'imaginer vieille et laide, faites comme moi, jetez un coup d'œil sur sa carte dentaire.

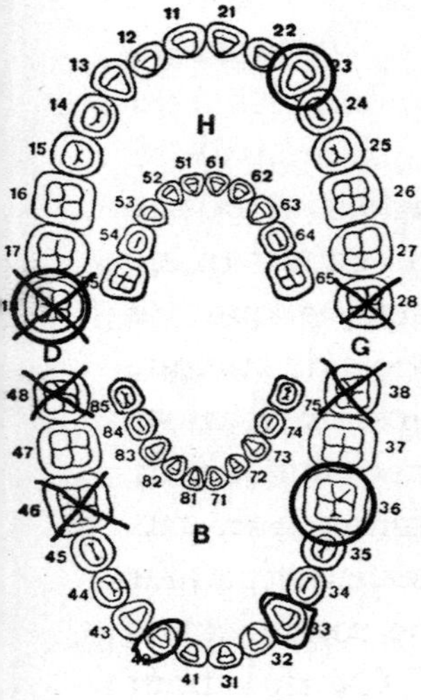

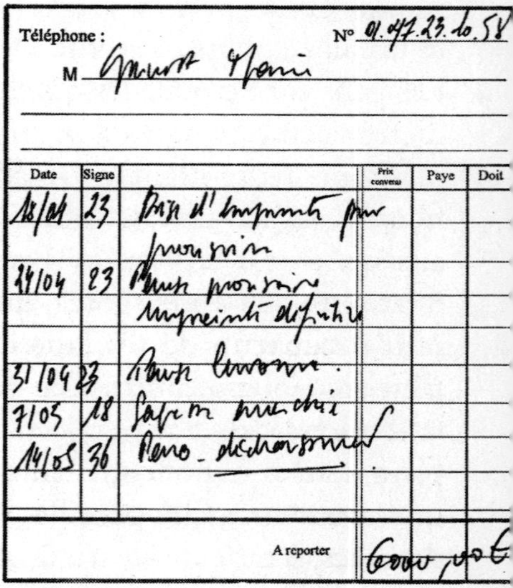

Téléphone : N° 01.47.23.60.58

M [illegible]

Date	Signe		Prix convenu	Paye	Doit
18/04	23	Prise d'empreinte pour provisoire			
24/04	23	Pose provisoire empreinte définitive			
31/04	23	Pose couronne.			
7/05	18	[illegible]			
14/05	36	Pano - déchaussement			

A reporter [illegible]

La vendeuse

Ce n'est pas ce que l'on appelle une bonne cliente. Elle vient, en général, en début de saison, elle essaye tout et n'importe quoi, le même modèle dans les dix couleurs de la ligne, elle occupe une cabine pendant trois quarts d'heure, et elle repart sans avoir rien acheté. Elle prend des idées. Je le sais parce que, parfois, je la croise dans le quartier, et elle porte certains de nos modèles qui ne sont pas nos modèles. Vous me suivez ? Non ? C'est pourtant simple, elle dessine ce qui lui plaît dans notre collection et, ensuite, elle fait appel à une couturière. Ça lui coûte sans doute presque rien. Elle n'a pas les moyens, ça se voit tout de suite. Elle n'a pas la discrétion des gens aisés, chaque fois que quelque chose lui plaît, elle s'exclame comme si elle découvrait la septième merveille du monde ; c'est très gênant. Beaucoup de nos clientes sont des stars et je peux vous assurer que ce sont des personnes très simples. Réservées, polies, bonnes acheteuses... C'est bien connu, de toute façon. Je suis contre la discrimination, mais il est vrai que les clientes comme elle nous posent des problèmes. Il faut dire les choses comme elles sont : le luxe, ce n'est pas fait pour n'importe qui. Sérieusement, vous verriez une Madonna copier des modèles pour faire des économies ? Eh bien elle, elle le fait. Le pire, c'est qu'elle ne dessine pas mal. Regardez, j'ai retrouvé dans une cabine un croquis qu'elle a laissé tomber de son bloc.

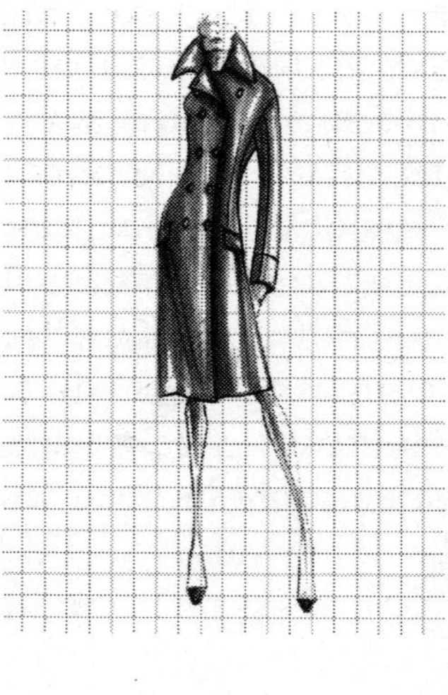

Pas mal, non ? Elle doit être dans le graphisme.

Je trouve ce genre de comportement lamentable, mais on ne peut pas mettre les gens dehors. Elle vient aussi pour les soldes et, depuis peu, elle est sur la liste des soldes presse. Elle peut s'offrir notre collection à moitié prix, deux mois après sa sortie en boutique. Les soldes presse, c'est notre ruine, mais nous ne pouvons pas faire autrement. Si nous voulons avoir quelques articles, il faut accepter de perdre une partie de notre clientèle. C'est comme ça.

Quand elle a vraiment envie d'une grosse pièce, elle vient avec son mari. Enfin, je suppose que c'est son mari. Un homme d'une trentaine d'années, plutôt pas mal… Il s'assied dans le gros fauteuil, juste devant la porte, et il attend que madame défile. Évidemment, il n'a aucune idée de ce qui lui va ou non. C'est un homme, pas un styliste. Il dit : « Très bien, très joli » pour lui faire plaisir, mais on voit bien qu'il s'en moque. Pour le faire patienter, je lui offre toujours un café. Il me touche, je ne sais pas pourquoi.

Elle a une manie qui m'insupporte : elle garde ses chaussettes quand elle essaye des robes. C'est d'une laideur ! Comment voulez-vous vous rendre compte d'une tenue si elle n'est pas accessoirisée ? « Je trouve que cette tunique ne me fait pas une jolie silhouette... » Oui, ben, si t'enlevais tes chaussettes de tennis, si tu te passais de la crème sur les jambes pour ne pas avoir d'affreuses écailles de crocodile tellement ta peau est sèche, la tunique, elle t'irait peut-être déjà mieux ! Parfois, elle fait pire que de garder ses chaussettes : elle n'enlève pas son pantalon. Elle le garde en accordéon sur ses chevilles comme un enfant de trois ans sortant des toilettes, et elle se balade dans le magasin avec une de nos robes sur le dos. Personnellement je m'en fiche, ce n'est pas moi qui suis ridicule, mais elle donne une mauvaise image de la marque, et ça, c'est quand même mon affaire !

Elle n'est pas grosse, seulement elle n'a pas la morphologie idéale pour notre marque. Aussi, chaque pièce qu'elle achète doit être retouchée. Elle prend du 42 car le 40 la boudine, mais en pantalon, le 42 est trop long. Il faut lui faire des ourlets. Comme nous payons une couturière spécialement pour les clientes comme elle, nous sommes obligés de facturer les retouches et madame trouve cela insensé. « Quand j'achète une tenue à quatre cents euros, vous pourriez me faire cadeau des dix euros de couturière ! » Eh bien non, on ne peut pas. Je suis sûre qu'elle n'a jamais travaillé de sa vie, elle ne se rend pas compte. D'ailleurs, elle ne se rend compte de rien. Par exemple, elle ne comprend pas qu'une boutique, ce n'est pas fait pour une enfant de six ans. Sa fille est très mignonne mais, quand elle vient avec elle et que la gamine touche tous les portants avec ses mains pleines de glace, eh bien on est obligée de s'énerver. J'adore les enfants, mais mon métier c'est de vendre, pas de faire de la garderie ! Il m'est déjà arrivé de rater des ventes parce que j'essayais d'occuper sa fille. Quand elle achète, ça passe encore, mais la plupart du temps, je vous l'ai dit, elle ressort sans rien. Avec elle, j'ai toujours le sentiment d'être face à un inspecteur, un peu comme les restaurateurs quand débarquent les gens de la DGCCRF. Elle examine les finitions, les détails, les boutons… Ah, je vous jure, les clientes, c'est pas une sinécure !

LES ÉLUS

Le premier mari

Notre histoire était une erreur. On était beaucoup trop jeunes, on ne connaissait rien et, surtout, on n'avait absolument rien en commun. Sauf notre passion pour les bonsaïs. Cela paraît idiot, mais c'est grâce à eux que nous avons eu un enfant ensemble. Cette fille ne me plaisait pas, elle n'était pas du tout mon genre. Je me suis retrouvé dans la même première qu'elle, à Jean-Bapt' et, jusqu'aux vacances de Pâques, on ne s'est pas adressé un mot. La prof de français nous y a obligés en nous donnant un exposé sur Malraux. Je me suis rendu chez elle tous les jours pendant deux semaines et, au lieu de préparer notre bachot, on allait flâner sur les quais. Ce qui m'a séduit, c'est qu'elle en savait plus que moi. Sur les bonsaïs. Son père avait de l'argent, il en achetait chaque semaine et leur consacrait une pièce entière. Il avait aussi toute une bibliothèque remplie d'ouvrages sur les bonsaïs. Pour moi, c'était le paradis ! Cet appartement, cette famille, cette fille… j'avais l'impression d'avoir trouvé ma moitié, comment vous dire ? Seuls les gens passionnés de bonsaïs peuvent me comprendre. J'étais persuadé que je ne rencontrerais jamais personne qui pourrait s'intéresser aux bonsaïs, alors quand j'ai vu cette fille passer des heures à tailler, couper, arroser… ça m'a touché, forcément. Ses parents et sa sœur, que je ne connaissais pas encore, étaient en vacances, de sorte que nous avions son appartement pour nous et, le dernier jour, il arriva ce qui devait arriver : on est passés de la serre du père au lit des parents. Notre première nuit a été un désastre. Avant moi, elle n'avait eu que des flirts. Ce fut un tel fiasco que, le jour de la rentrée, on ne s'est pas dit un mot jusqu'à la fin de l'année.

Je l'ai revue deux ans plus tard, chez un copain de lycée que j'ai perdu de vue. Jean Toulier, Tulier… enfin, un nom comme ça. C'est elle qui est venue me parler, moi je n'aurais jamais fait le premier pas. Elle s'était inscrite en fac de droit, mais n'y allait déjà plus. Depuis nous, elle n'avait rencontré personne, ses parents avaient fini par divorcer et sa sœur était en première B1, comme nous trois ans plus tôt. Vous la connaissez, sa sœur ? Une fille vraiment bien, un peu abîmée par la vie, complexée, mais qui vaut le détour... enfin, bref ! Je vous disais, quand j'ai revu mon ex-femme – qui n'était encore que ma future femme –, elle envisageait de se réorienter dans la communication ou la publicité, ou le journalisme, elle ne savait pas trop. Par courtoisie, je l'ai raccompagnée, par courtoisie elle m'a dit : « Appelle-moi, ça me fera plaisir. » On s'est revus deux, trois fois, je l'ai invitée à mon anniversaire, elle m'a proposé de l'accompagner à un concert. Un soir qu'on avait trop bu, on a passé notre deuxième nuit ensemble et comme c'était nettement moins catastrophique que la première fois, il y a eu d'autres nuits. Au début, ce n'était pas sérieux. On se voyait le mardi et le jeudi, parfois le samedi. On ne se le disait pas, mais on gardait une porte ouverte pour une vraie histoire. La vraie histoire n'est jamais venue, et puis elle est tombée enceinte. Je ne lui pardonnerai jamais ce coup-là. Je n'avais rien demandé, moi ! Et Raphaël non plus, il n'avait rien demandé ! Je n'ai pas voulu qu'elle avorte car je suis contre l'avortement. Je souffre chaque fois que j'arrache une branche de mes bonsaïs, alors un embryon ! Elle, elle ne savait plus où elle en était. Elle avait peur de le dire à ses parents, peur de se faire avorter, peur de le garder, peur de se marier, peur de rester célibataire, peur d'accoucher, peur de faire une fausse couche. Elle avait peur de tout ! J'ai dû aller demander sa main à monsieur l'huissier (son père) et prendre la sienne devant monsieur le curé. Quand j'y pense, elle m'a flingué ma jeunesse et tous mes rêves. Oui, tous mes rêves ! Si je ne l'avais pas rencontrée, je serais devenu jardinier, comme mon père ! Je me serais trouvé un vieux mas dans le Midi, j'aurais fait mes petites plantations, et personne ne m'aurait emmerdé ! J'ai été obligé d'accepter un emploi de merde pour un salaire minable dans une boîte d'informatique à la noix… métro, boulot, dodo, impôts… pas de pot, quoi ! Je pensais que je m'y ferais, j'ai pas réussi. Plus le temps passait, plus je lui en voulais. On s'est disputés dès avant notre mariage. Sa mère avait commandé des asperges en entrée, le seul légume que je déteste. Comme leur fille ne voulait pas de dîner assis (moi, j'aurais bien dit oui), les asperges sur le buffet, c'était d'une tristesse ! Il y avait six ou sept plats remplis de tiges vertes, avec des touffes de persil en guise de décoration ; c'est le genre d'astuces ringardes qu'ont les cuistots dans les restos chics. Je ne sais pas où ils ont appris ce truc, mais il faudrait que quelqu'un leur dise d'arrêter. La déco-persil, c'est plus possible. Ce jour-là donc, ça m'avait tellement mis en rogne – c'était MON mariage, merde – que j'avais demandé à sa mère qui avait eu l'idée du menu. « Pourquoi, cela ne vous plaît pas ? » Ben non, ça ne me plaisait pas, et comme je ne sais pas être hypocrite, je lui ai dit : « Les asperges, je n'aime pas ça. » Manque de pot, c'est elle qui avait choisi. Elle s'est vexée, elle m'a mal répondu, j'ai surenchéri et ça a pété. Classique. Ma femme n'a pas supporté que je ne fasse pas d'efforts avec ses parents et elle m'a dit : « Je te le ferai payer. » J'aurais dû la prendre au mot, j'ai vécu deux ans d'enfer.

Pendant les sept mois de grossesse, je n'ai pas pu la toucher. Elle avait peur – encore une fois – que j'abîme le bébé et, après, elle était indisposée trois semaines sur quatre. Elle voulait tout le temps sortir, me reprochait d'être un vieux avant l'âge et de ne pas avoir de « fantaisie ». En fait, on n'échappe pas à son milieu : elle est comme ses parents. Mondaine, bourge, snob. Elle aime les petits plats dans les grands, les pages people des magazines, le téléphone portable, les fringues qui coûtent les yeux de la tête. C'est une fausse simple. Quand elle dit qu'elle adore les bonsaïs et rester chez elle à lire des classiques, c'est pour l'image. Elle se voit dans *Paris Match*, confortablement installée dans un club en cuir avec un thé au lait à sa droite ! Elle n'aime ni les plantes, ni les livres ; elle aime l'image d'une femme qui aime les plantes et les livres, voilà la vérité. Cette fille est une escroquerie et c'est pour cela que je me suis mis à la tromper. Quand elle l'a su, j'ai cru que le ciel lui tombait sur la tête. Aux yeux de tout le monde, je suis passé pour le goujat de service, le salaud, l'enfoiré, et elle, pour la pauvre petite malheureuse. Dans les histoires de tromperie, c'est toujours ainsi que les choses se terminent, mais il faudrait que les gens réfléchissent : lorsqu'un homme cocufie une femme, c'est généralement parce qu'elle n'a pas été capable de le garder. J'ai eu beau lui expliquer que c'était sa faute et que j'avais des besoins parfaitement naturels (on ne couchait plus ensemble), elle n'a rien voulu savoir. Je crois qu'elle fait partie de ces femmes qui n'aiment pas ça. Le sexe, ça la dégoûte. En trois ans de vie commune, je ne l'ai jamais entendue crier ; très franchement, je crois qu'elle est frigide. C'est une fille, une mère, une épouse, mais sûrement pas une maîtresse. Il lui manque cette corde à son arc, la seule qui pour moi compte véritablement. Pendant deux ans, j'ai essayé de passer outre. Je me disais : « T'as un môme, maintenant, tu peux pas te faire la malle, faut que tu tiennes le coup. » Je me tapais ma secrétaire, je m'inventais des déplacements en province le week-end, pensant que ces parenthèses me permettraient de garder le moral. C'était une illusion. Mon absentéisme chronique la rendait de plus en plus nerveuse, et donc désagréable. Les rares fois où nous étions seuls, elle ne me parlait que d'intendance, le plus souvent de ses parents. Elle savait que la soirée se terminerait mal, sa mère et moi, on ne s'est jamais aimés. Mon ex-belle-mère a le mépris caractéristique des gens trop bien nés. Elle vous regarde de haut, cultive la fausse courtoisie des ennemis de salon. Quand on se retrouvait en famille, elle faisait tout pour m'humilier. Elle parlait de sujets que je ne pouvais connaître ou de personnes que je ne rencontrerais jamais. Quand ma femme évoquait sa mère, j'avais le poil qui se hérissait.

Un soir, je ne suis pas rentré. C'est vrai que, pour mon fils, j'aurais pu me conduire différemment, mais j'étais à bout. Je ne pouvais plus supporter notre vie. J'ai déserté le foyer conjugal, je me suis mis toute sa famille à dos (sauf sa sœur et son père, lequel me colle toujours aux basques parce que je lui file des tuyaux pour ses bonsaïs), et ses avocats au cul. Avant que le juge ne prononce le divorce, j'en ai bavé. L'adultère n'est plus une faute grave, mais cela ne l'a pas empêchée de me foutre à la porte. Au retour de ma « désertion », elle a foutu mes affaires dans des sacs-poubelle et les a balancés sur le trottoir. Une hystérique.

Je plains son nouveau mari. Un brave type, un peu bourru mais gentil avec mon fils. C'est le principal car il le voit plus souvent que moi. Je pourrais prendre Raphaël tous les week-ends (sur ce point, mon ex-femme a toujours été très correcte, il faut le reconnaître), mais depuis que j'ai rencontré Juliette, c'est un peu compliqué. Juliette ne peut pas avoir d'enfants, alors ceux des autres, elle évite. Je ne lui ai pas présenté Raphaël, je ne veux pas la faire souffrir. Chaque relation a ses avantages et ses inconvénients, mais j'ai vraiment gagné au change. Je ne regrette pas une seule seconde de m'être séparé de mon ex-femme. J'en ai trop bavé… Et je continue ! Tous les mois, je bave ! Le tiers de mon salaire, c'est à elle qu'il revient. Cette femme, elle est pire que les impôts, c'est une pompe à fric, un cauchemar. Rien que d'en parler, ça me rend dingue. J'aimerais bien l'oublier, mais comment voulez-vous, le tiers de mon salaire, bordel !

Le deuxième mari

Neuf ans qu'on se connaît, sept ans qu'on vit ensemble, cinq ans qu'on est mariés et notre petite fille a six ans. Elle a des défauts, comme tout le monde, mais c'est ma femme, et je l'aime.

L'amant sexuel

Elle m'a tout de suite excité. J'avais le nez collé sur ses bas coutures, et je ne pouvais détourner le regard. C'était hypnotisant, ces bas coutures. Je pensais que plus aucune femme n'en mettait, je pensais que c'était le genre de fantasme condamné à demeurer un fantasme. Je croisais les doigts pour qu'elle ne descende pas à l'arrêt suivant. Je n'avais la force de rien. Ni de la laisser partir, ni de la retenir. Je n'avais pas encore vu son visage. J'ignorais tout de son regard, de son sourire. D'elle, je ne connaissais encore que ses mollets, l'arrière de ses genoux. Elle était perchée sur des talons bobines, dotés de fines lanières en cuir la retenant aux chevilles. Je me contrôlais pour ne pas la toucher. Je me faisais peur. Pour la première fois, je sentais que ma vie pouvait basculer. Pour un bas couture. Quand la rame s'est arrêtée – à la station Argentine, je m'en souviendrai toute ma vie –, elle a perdu l'équilibre et c'est elle qui m'a bousculé. Moi, je n'ai rien fait, je n'ai pas bougé d'un centimètre sur mon strapontin. Embarquée dans le mouvement de la foule, elle ne s'est rendu compte de rien. Elle ne s'est pas retournée, elle ne s'est pas excusée. Elle replaçait sans cesse la petite lanière de cuir qui glissait sur sa cheville. Ce geste me rendait dingue; à savoir pourquoi... Elle portait un imper couleur sang, sanglé à la taille, un imper des années soixante-dix, et un béret qui me cachait la couleur de ses cheveux. J'ai eu un moment d'inattention, juste quelques secondes, à peine, vraiment rien, le temps de me frotter les yeux, le temps de me dire qu'il fallait me calmer, que j'étais ridicule, un adolescent en crise, enfin vous voyez, le genre de propos qu'on peut se tenir quand on sent que les choses risquent de mal tourner... et là, hop! les bas coutures, volatilisés. J'ai paniqué, j'ai vu l'imper rouge se fondre dans la masse des anonymes, sortir de la rame, filer devant la plaque émaillée de la station George-V. Mon cœur s'est mis à battre, à cogner fort. C'était absurde, je n'avais même pas vu son visage, je vous dis! Complètement absurde. Mais je ne voulais pas devenir un lecteur de la rubrique « Entre nous » de *Libération*, alors j'ai bondi hors du wagon. C'est ce jour-là que j'ai perdu mon sac de piscine. Je l'ai laissé au pied du strapontin. Sur le quai, je me suis mis à courir, je voulais rattraper la tache rouge qui disparaissait dans le plafond, en haut de l'escalator. Je courais aussi vite que dans les films. Les panneaux publicitaires défilaient à toute berzingue en arrière-plan. C'était l'heure de pointe. Bondé à craquer. J'essayais de me frayer un chemin entre les travailleurs du matin, mais ce n'était pas facile. Les gens m'insultaient, je m'en souviens comme si c'était hier. Maintenant j'en rigole, mais je vous jure que, sur le moment, ce n'était pas drôle. L'escalator avait déposé ma tache rouge sur le trottoir, et moi, j'étais encore sous terre. Pas un instant je n'ai pensé faire demi-tour. J'étais persuadé que si j'étais attiré comme un aimant, ce n'était pas pour rien. Je me disais : « C'est un signe, on doit se rencontrer. »

Lorsque je suis sorti de la bouche de métro, j'ai mis du temps à la voir. Il y avait autant de monde au-dessus qu'en dessous. Les Champs-

Élysées ressemblaient à une vraie fourmilière. La lumière du jour m'aveuglait. Elle était assise à une terrasse de l'avenue George-V. Avec son imper rouge, ce n'était pas difficile de la remarquer, mais j'avais les sens dans tous les sens, justement.

Je suis allé m'asseoir à une table, près de la sienne. Je crois lui avoir demandé l'heure ou une cigarette, le genre de questions que l'on pose aux inconnues pour engager la conversation. Je n'ai jamais eu beaucoup d'imagination, que voulez-vous... J'étais persuadé qu'elle ferait comme toutes les personnes de son sexe : je ne fume pas, je n'ai pas de montre. Eh bien, pas du tout. Figurez-vous que c'est elle qui a enchaîné. Elle avait envie de parler. J'étais certain qu'une femme aussi jolie ne pouvait être seule. Elle devait certainement attendre quelqu'un. On a parfois de ces préjugés sur les gens... Elle était parfaitement seule, elle n'avait même pas de livre ou de portable pour lui tenir compagnie, c'est pour dire. Elle m'a expliqué qu'elle était en rendez-vous avec elle-même. Une ou deux fois par semaine, elle se réserve des moments gratuits. Elle aime les heures libres, elle estime que ce sont les seules à garantir de jolies surprises. C'est le premier surnom qu'elle m'a donné : sa « surprise ».

On a discuté une bonne heure, mais je n'ai rien appris. Les questions l'indisposent. Elle trouve qu'elles sont sans intérêt. Elle ne comprend pas ce que je ferais de plus avec son enfance, son travail et ses parents. On se voit depuis six mois maintenant, le mardi et le jeudi matin, et je ne sais toujours pas son nom. Elle ne veut pas connaître le mien, elle préfère m'en inventer. Elle m'ordonne de l'appeler « Elle ». Je n'aime pas beaucoup ce genre de relations, mais je n'ai pas le choix. Un matin, elle s'est énervée. Elle m'a dit que si je continuais à jouer au gestapiste, elle ne me verrait plus. Je ne m'en remettrais pas. C'est ridicule, mais je n'y peux rien. Je ne vis plus que pour le mardi et le jeudi matin. Chaque rendez-vous me semble le dernier. Ma femme n'est pas au courant, bien sûr, mais je suis sûr qu'elle s'en doute. Je ne la touche plus. Je n'ai plus envie d'elle. Je n'ai envie que d'Elle.

Elle me rend cinglé. Elle dit qu'elle ne le fait pas exprès, mais je suis certain qu'elle ment. Tout est calculé pour me rendre barjo. Les bas coutures, c'en est la meilleure preuve. Sans parler de sa lingerie en dentelle noire. C'est peut-être un peu cliché, mais je suis comme tout le monde : la dentelle noire, ça me bouleverse.

On se retrouve toujours dans ce restaurant de l'avenue George-V. Elle prétend que, côté toilettes, c'est ce qu'on fait de mieux à Paris. Et les toilettes, pour des amants comme nous, eh bien ça a son importance. La première fois que j'y suis allé, elle a pris l'initiative de me suivre. Quand je l'ai vue pousser la porte des hommes, je me suis vraiment demandé ce qu'elle faisait là. J'ai pensé qu'elle venait me dire au revoir, qu'elle avait un rendez-vous, qu'il fallait qu'elle y aille… Je n'ai pas eu le temps de lui poser la moindre question qu'elle m'embrassait déjà. Une fois notre affaire terminée, je me suis souvenu des dames pipi, dans le couloir, et j'ai paniqué. Elle, pas du tout. On est sortis ensemble. Elle a regardé la dame droit dans les yeux, elle a posé un billet de dix euros dans la soucoupe – ouais, ouais, dix euros – et elle lui a dit : « Merci madame, mon mari se sent mieux, il a quelques problèmes d'estomac. » J'étais bluffé.

Depuis, on a gardé cette habitude. Quand je traîne trop longtemps devant mon café, elle me lance : « Je crois que tu as une crampe d'estomac, là ; il faut que tu ailles aux toilettes. » Je descends, elle me rejoint, et madame pipi nous sourit d'un air compatissant. J'ignorais qu'en la rencontrant je deviendrais un homme qui fait pitié aux dames pipi.

Le plus souvent, elle a les deux mains posées sur le lavabo, les jambes écartées et le dos légèrement incliné vers l'avant. Dans le miroir, elle guette mon arrivée. Je pousse la porte et, tout de suite, je me frotte à elle, j'enfouis ma tête dans sa nuque, je dévore ses omoplates de baisers. Je m'agite pour ne pas affronter son regard qui, dans la glace, ne me quitte pas. J'ai le sentiment qu'elle me juge. J'attrape son sein dans une main et de l'autre, je me déboutonne. Elle reste immobile, docile. À peine remue-t-elle sa croupe qui, grâce aux dix centimètres de talons, est à la place idéale. Chaque fois, j'ai le cœur qui bat comme celui d'un adolescent. Ses gémissements, qu'elle étouffe en mordant ma main ou la serviette de toilette, résonnent dans ma tête. Je n'aimerais pas qu'on nous surprenne et c'est pour cela que je la pénètre au plus vite. Ses lèvres humides accueillent ma verge, ses hanches mes mains, sa peau mes lèvres. Je reste en elle un long moment, sans bouger, sans rien. Je sens son regard sur son propre corps prisonnier du mien et je voudrais la retourner. Je voudrais couvrir sa figure de baisers, je voudrais l'aimer. Elle ne veut pas. Quand elle me fait face, mon visage ne l'intéresse plus. Elle m'assied sur la cuvette des toilettes, prend mon sexe dans sa bouche. Elle l'avale, le mordille de ses dents brillantes de salive, le fait glisser entre ses doigts de fée. Je n'ai pas le droit de l'observer, sa main posée sur mon torse me maintient en arrière. Ses lèvres montent et descendent comme une bague sur un doigt. Vite, de plus en plus vite. Je ne me bats plus pour l'admirer, je suis loin, très loin. Elle avale la jouissance que je ne saurais retenir, lèche les quelques gouttes qu'elle a laissées couler. Elle se relève, passe ses mains sous l'eau et remonte finir son lait fraise. Moi, je reste sur la cuvette, le pantalon en accordéon sur les chevilles.

Je rêve de l'emmener dans un hôtel, de passer quelques heures avec elle dans un lit. C'est bien la première fois que cela m'arrive. Même si j'ai fêté mes cinquante ans cet hiver, je suis encore pas mal. J'ai toujours plu aux femmes. À elle, pas assez pour la voir nue. Je ne connais pas son nombril, je ne connais pas ses pieds, je ne connais pas sa taille, je ne connais pas son dos. Seuls nos sexes se sont rencontrés.

Quand je rejoins la terrasse, elle a déjà réglé l'addition et enfilé son imper rouge. « J'ai envie de marcher, pas toi ? » c'est sa phrase habituelle. Non, je n'ai pas vraiment envie, mais bien sûr, je dis oui. Nous descendons les Champs-Élysées jusqu'aux Tuileries et nous passons le reste de la matinée comme les vieux couples, assis sur un banc devant le grand bassin. Elle ne parle pas beaucoup, sauf des bateaux télécommandés par les enfants. Et du soleil, des nuages, de la pluie, du vent. Elle me demande de lui raconter des histoires. Le plus souvent, je les invente. Je lui parle aussi de notre rencontre, celle que je vis mais qu'elle ne veut pas connaître. Elle fait semblant de ne pas comprendre et, lorsque j'insiste un peu trop, elle me dit qu'il est tard. Elle se lève et me quitte.

J'ai bien pensé la suivre, mais à quoi bon ? Elle m'en voudrait et refuserait de me revoir. Il n'y aurait plus ni de mardis, ni de jeudis matin. Je sais bien que, à ses yeux, ces matinées ne sont que des parenthèses, mais moi, je ne vis plus que pour elles.

L'amant intellectuel

J'étais son professeur de sociologie politique, à la faculté de droit. Au milieu des petites-bourgeoises étouffées par leur foulard Hermès comme les chiens par leur collier, je l'ai immédiatement remarquée. Elle portait un jean et des tennis, un imper qui soulignait sa taille. Un crayon lui tenait lieu de pince à cheveux. J'ai tout de suite eu envie de le lui enlever.

Notre première rencontre a été un désastre. Elle s'était proposée de faire un exposé sur Nietzsche et, le jour convenu, elle a annoncé à la classe qu'elle traiterait de Comte. Je ne l'ai pas laissée poursuivre. Elle était furieuse, jurait que son sujet était bien Comte et non Nietzsche. Finalement, j'ai pris sa copie et j'ai fait l'exposé à sa place. Je pensais qu'elle était aussi stupide que jolie, mais quand le soir j'ai jeté un coup d'œil sur son travail, j'ai vite changé d'avis. Pour une étudiante de première année, elle avait une approche très élaborée du positivisme. Dès le lendemain, je lui ai téléphoné : elle m'avait donné envie de la découvrir.

Nous n'avons pas reparlé de cette première dispute, ni même de Comte ou de Nietzsche. Il faisait beau en ce jour d'automne, et nous nous sommes baladés au Luxembourg jusqu'à la fin de l'après-midi. Ces quelques heures sont de celles qui resteront intactes dans ma mémoire. Je revois nos ombres se fondre sur le gravier au milieu des parterres de gazon couverts de feuilles rousses, et je sens encore son parfum me chatouiller les narines. Elle ne portait plus son imper, mais un long manteau noir qui ramassait la poussière. Elle avait cet air sérieux, irrésistible, qu'ont parfois les jeunes filles face aux hommes mûrs – pour ne pas dire plus âgés. Elle parlait doucement, pesait chacun de ses mots et, de temps à autre, laissait ses phrases suspendues comme pour me signifier sa désinvolture. Cet heureux désespoir qu'elle se fatiguait à afficher tombait immédiatement quand, par mégarde, elle autorisait sa jeunesse à revenir dans un éclat de rire. J'aimais la voir se transformer d'une parole à l'autre, il me semblait qu'une multitude de femmes m'accompagnaient. Ce n'était pas une étudiante comme les autres, ce n'était pas une jeune fille comme les autres. Elle me disait ne pas apprécier les réunions estudiantines, les fausses discussions dans les cafés, les travaux de groupe en bibliothèque. Je savais qu'elle était sincère. Auprès de ces futurs avocats, juges, diplomates et fonctionnaires, elle s'ennuyait ferme. Elle n'aimait pas les jeunes et la jeunesse, voulait gagner de l'argent, être indépendante. Elle ne supportait plus de vivre chez sa mère. Elle disait l'aimer, mais ne pas approuver ses choix de vie. Elle voulait s'en aller sans la perdre. J'acquiesçais et me mordais la langue pour ne pas lui dire qu'elle vivait là les meilleurs moments de son existence. Elle m'aurait pris pour un vieux con.

Il y avait toujours un auteur, un sujet, une époque pour nous permettre de nous retrouver. Nous savions tous deux que l'Antiquité ou la guerre était un prétexte, mais nous jouions le jeu. Le premier trimestre de cette année-là, nous nous sommes vus presque chaque jour.

On se retrouvait au Luxembourg quand il faisait beau, dans des cafés quand le temps était moins clément, et le soir dans les cinémas du Quartier latin. J'avais le sentiment de me replonger trente ans en arrière. C'était magique. Dans l'obscurité des salles de projection, elle redevenait farouche, accrochée à son sac à main comme un naufragé à une bouée. Elle aimait jouer avec le feu, être loin à mes côtés. Vers minuit, elle montait dans un taxi, telle Cendrillon dans son carrosse, et il me semblait avoir rêvé notre soirée. L'automne et l'hiver nous ont offert six mois de douce intimité, que le printemps nous a repris.

Je crois qu'elle a arrêté le droit car elle était fatiguée de me voir exercer sur elle une autorité – fusse-t-elle minime – dans l'enceinte de l'université. Elle m'a d'ailleurs toujours reproché mon statut de professeur. Et puis, tout le monde pensait qu'on était ensemble, il ne leur manquait plus que la preuve. S'ils avaient su… Cela paraît invraisemblable mais, entre nous, il n'y a jamais eu le moindre baiser. Les occasions n'ont pas manqué, mais nous n'avons jamais souhaité les saisir. L'un pour l'autre, nous sommes restés un fantasme. Nous n'avons pas cessé de nous voir. Toutefois, en quinze ans, nos rencontres se sont espacées. Elle est partie deux fois à l'étranger, en Chine puis à New York, où elle est restée neuf mois. Il y a douze et sept ans. Elle m'envoyait de longues lettres, me racontait la difficulté qu'elle avait à s'intégrer. Plus elle me disait sa tristesse, plus je ne pouvais m'empêcher d'être content. J'attendais impatiemment le jour où elle m'écrirait : « Je rentre. » Même si je ne la voyais pas quotidiennement et si j'ignorais tout de son emploi du temps, je préférais la savoir à Paris. Je pouvais la croiser par hasard, l'imaginer dans des lieux qui m'étaient familiers, l'entendre parler au fond de moi une langue qui ne m'était pas étrangère. Elle m'obsédait tellement que, un jour, il m'a semblé la voir derrière la vitre d'un bus. La femme lui ressemblait comme deux gouttes d'eau, à ceci près qu'elle était enceinte. J'ai couru après l'autobus, j'ai tapé au carreau... son sosie s'était à peine retourné ; j'avais cru saisir un certain étonnement dans son regard, et puis le feu est passé au vert et l'autobus a filé. Cette anecdote, que je lui ai rapportée dans une de mes nombreuses missives, l'a fait beaucoup rire. Avec du recul, l'amoureux fou que j'étais m'amuse aussi. Comment avais-je pu la voir enceinte ? Il fallait vraiment que je sois jaloux. Idéaliste comme elle l'est, elle ne supporterait ni mari, ni enfants. Elle est faite pour demeurer un rêve dans le cœur d'un homme. On ne peut se la figurer vieille, ni l'imaginer aux fourneaux. C'est impossible. J'ai longtemps cru qu'un jour viendrait où elle souffrirait de ne s'être pas choisi une famille. Elle m'a répondu qu'elle préférait se construire plutôt que de construire, et je l'ai aimée davantage. Nous appartenons à cette espèce en voie de disparition qui ne peut prendre d'engagement qu'avec la liberté.

Aujourd'hui, nous nous voyons une fois tous les dix, quinze jours. Souvent pour déjeuner, exceptionnellement pour dîner. Je crois qu'elle a des histoires, mais elle a la pudeur de ne pas m'en parler. Moi-même, je tais les miennes. Nous ne discutons jamais des autres. De sa vie en dehors de nos rencontres, je ne veux rien savoir. Notre relation est suffisamment riche pour ne pas être vécue sur d'éventuels projets. Nous profitons de chaque instant comme s'il était le dernier, et c'est la raison pour laquelle nous nous aimons toujours.

Nous avons décidé de nous échapper une semaine au mois de juin. Je ne fais passer les oraux d'examens qu'au début juillet et les écrits se terminent fin mai. Cela me laisse quelques jours de battement. J'emporterai les copies de mes étudiants et quand elle dormira, tôt le matin, je leur mettrai exceptionnellement de bonnes notes. Nous avons choisi d'aller à Las Vegas. Nous voulons nous marier. L'idée est partie d'une plaisanterie. Je lui ai dit qu'elle serait incapable de m'épouser. Elle relève toujours les défis, elle a dit : « En juin à Las Vegas. » J'ignore si nous partagerons le même lit et je ne me pose pas la question. Cela n'a pas d'importance. L'idée d'être marié à une femme que je n'ai jamais touchée et que je vois deux fois par mois me plaît. Je suis un utopiste, je veux que ma vie ressemble à un roman, et je me moque de ce que les autres en pensent.

L'amant électronique

À : thefrenchgirl@unefemmenormale.com
Objet : MY e-lover
Cc :

ENVOYER

Her e-name is Elle, like Elle Mc Pherson. I don't know if she has her body, but her words are so sexy. Internet is wonderfull, it gives me the opportunity to meet a french girl. She learnt me a little bit of french, so I'm going to try to tell you our story in french.

Je ai rencontré Elle sur le web, il y a une année, peut-être une année et demi. Je surf sur le web la nuit et pour Elle, c'est le matin. Je ai mis une annonce pour trouver une fille, parce que ici où je habite, à côté de Las Vegas, c'est très difficile. Petit village, toutes les filles sont très sages... puritanism, you know, I'm a human, body! J'ai suis pas très vieux, je veux m'amuser. Je sais que les françaises, elles sont très hot, comme ont dit ici. Le french Kiss! Dans l'annonce, j'avais écrit: « Voulez-vous coucher avec moi, ce soir? » C'était une joke, la chanson, tu sais! Elle, elle a répondu, ça l'a fait rire. On a discuss a little bit, toutes les choses les personnes elles disent quand on se connaît pas. Elle a vingt-cinq ans. Moi je ai vingt et un, mais je ai dit à elle vingt-neuf. C'est une reporter. Elle fait la photo dans les pays en guerre. At this time, elle est en Afghanistan, in Kaboul. Elle me e-mail; elle dit que c'est vraiment très difficile, insecure. Aussi, elle m'a envoyé la photo de son reportage; elle fait toutes les photos pour les french magazines. Je suis très impressionné, parce que elle est vraiment très jeune. Je lui ai dit je fais des movies, mais ce n'est pas la vérité. En fait, je travaille à le Casino de Las Vegas. Au bar, je fais les cocktails. Je fais de l'argent et quand j'aurai assez, j'arrête. Je vais à Hollywood pour faire les films. Je l'ai menti en avance, dans six mois ce que j'ai dit est la vérité, alors c'est pas grave. Je veux elle venir en Amérique, mais elle travaille trop. Elle a pas le temps, elle m'a dit peut-être cet été. Je veux vraiment la voir car maintenant, on se connaît très bien. On se parle peut-être deux ou trois fois par jour. Je suis juste embêté pour un petit détail que je n'ai pas dit à Elle. Je suis une fille. I'm a lesbian.

Je crois qu'elle va pas être fâchée parce que je lui parle beaucoup de lesbians you know, and… elle est très gentille, elle dit qu'on aime les gens, not the sexes. Alors, si elle m'aime, c'est pas important que je suis une garçon ou une fille.

LES INCONTOURNABLES

Le banquier

Je l'ai au téléphone dès le 15 du mois. Je ne l'appelle pas par plaisir. Si je pouvais faire autrement, croyez-moi, je m'abstiendrais, mais elle vit au-dessus de ses moyens, moi je n'y peux rien. Le 15 du mois, elle a déjà atteint son plafond. Quand ce n'est pas le 12 ou le 10. On a essayé de mettre en place plusieurs plans, mais rien n'y fait : elle dépense. Si vous saviez les agios qu'elle paye, c'est inacceptable. Un de ces quatre, elle va se faire interdire de chéquier, je l'ai prévenue. Elle dit qu'elle s'en moque, elle n'a pas l'intention de monter une société. Moi je veux bien !

Je ne voudrais pas me mêler de ce qui ne me regarde pas, mais je me dis qu'elle pousse un peu. Jetez un coup d'œil sur ses derniers relevés.

SOCIETE GENERALE

RELEVE D'IDENTITE BANCAIRE

TITULAIRE DU COMPTE
MME MARIE GRIVERT

DOMICILIATION AGENCE SOCIETE GENERALE
PARIS 75008

REFERENCES BANCAIRES

Banque	Agence	Numéro de compte	Clé
30668	097A3	000857J8O5Z	BB

IDENTIFICATION INTERNATIONALE
IBAN : FR76 30668097A3000857J8O5ZBB
BIC-ADRESSE SWIFT / SOGEFPPR

A remettre à tout organisme demandant vos références bancaires

RELEVE DE COMPTE
en Euros

n° 03028 00050671460 96

du 06 08 2002 au 05 09 2002

0010705611500570600 0

MME MARIE GRIVERT

15 RUE DU ROCHER

75008 PARIS

envoi n° 6 **page 1/1**

Date	Nature de l'opération	Débit	Crédit	Contre-valeur en francs (1)	Valeur
07/08	FAC FRANCE 4973019779937826 06/08/02 PEPINIERE QUAI DE SEINE	507,00			
09/08	FAC FRANCE 4973019779937826 12/08/02 ASTRO. NET	318,00			
13/08	FAC FRANCE 4973019779937826 12/08/02 VIRGIN MEGASTORE	103,25			
13/08	FAC FRANCE 4973019779937826 12/08/02 CHAMPION	24,27			
13/08	FAC FRANCE 49730197799337826 12/08/02 PARFUM DE FRANCE	73,86			
15/08	RET ECLAIR 4973019779937826 14/08/02 9 h 07 SG PARIS BUCI 00901235	500			
	73 jours débiteurs NOUVEAU SOLDE	1 526, 37			

(1) Les contre-valeurs en francs ont été calculées sur la base de 1 euro = 6,55957 francs. Les montants d'opérations exprimées en francs n'ont qu'une valeur indicative. Le solde en francs est la contre-valeur du solde en euros après application des règles de conversion.

Pour consulter votre compte et:ou joindre un conseiller
appelez **Vocalia** au **0 892 707 707*** ou de votre téléphone mobile avec les numéros abrégés**
(BouyguesTélécom : **848** Itinéris : **811** puis **# 25** SFR : **2267** (ou BANQ)
* 2,21 F TTC/mn ** facturation selon les tarifs en vigueur de chaque opérateur

En cas d'utilisation d'un découvert après accord de notre part,
le taux applicable est de 17,50%
(taux effectif global identique, TEG journalier : 0,0479%) à compter du 1/8/2001.
Pour tout besoin de trésorerie, consultez votre conseiller de clientèle.

Elle ne fait que des dépenses inutiles. Son budget voyance, par exemple, est de trois mille francs par mois. Et depuis qu'on est passés aux euros, c'est encore pire. Elle ne fait pas la conversion, elle a l'impression que tout est moins cher. Je me demande à quoi sert la calculatrice que je lui ai offerte. Je vous disais, la voyance, elle passe des heures entières à se faire tirer les cartes sur Internet. Elle donne son numéro de carte bleue et, hop, c'est parti pour un tour. On ne se rend pas compte, mais l'heure tourne. Vous cliquez une fois, deux fois, retour au sommaire, fenêtre impossible à ouvrir, 2 euros et 55 centimes, une sixième carte pour confirmer la réponse de madame Irma, 3 euros 29 centimes, un dernier essai, 5 euros 44… Si au moins elle se contentait d'une cartomancienne, mais pas du tout ! Elle fait la totale : le destin amoureux, familial, professionnel, physique, mental… J'ai beau lui prédire son avenir financier, elle me répond qu'elle ne peut s'en passer. La numérologie, l'astrologie et la tarologie lui donnent le moral. Si elle n'avait pas d'autres besoins, je ne dirais rien, mais ce n'est pas le cas. Elle dépense la même somme – si ce n'est plus – en vêtements, en livres et compacts discs, et en cadeaux. Elle fête entre deux et trois anniversaires par mois. Et elle n'offre pas n'importe quoi, je peux vous le dire. Le dernier présent en date était un bonsaï. Quand j'ai vu le débit, je l'ai appelée immédiatement. Je croyais vraiment qu'elle s'était fait voler sa carte bleue. 1 382,47 euros chez un pépiniériste, c'est le genre d'addition qu'un banquier digne de ce nom ne peut laisser passer. Vous vous rendez compte ? Le quart de son salaire dans un végétal, c'est louche. Eh bien, pas pour elle. Les quarante ans de son meilleur ami collectionneur de bonsaïs, il fallait qu'elle marque le coup. « J'étais obligée », m'a-t-elle répondu. Insensé.

Vous me direz, c'est quelqu'un de généreux ; ça, on ne peut pas le lui enlever. Mais il ne faudrait pas que son patron décide de la licencier, elle ne s'en sortirait pas. Pour une femme, il faut admettre qu'elle se débrouille drôlement bien. Son salaire est de trente-cinq mille francs par mois. Ce n'est pas rien, tout de même. Elle travaille dans une agence de publicité. Si mes souvenirs sont bons, c'est elle qui trouve les slogans des spots télévisés. Lorsqu'elle travaille pour d'autres boîtes, en « free-lance » comme elle dit, elle se fait de très bons mois, mais ça n'arrive pas souvent. Je l'ai encouragée à développer ce filon parallèle. Elle ne souhaite pas travailler davantage. Elle dit qu'elle a déjà suffisamment de mal à gérer son emploi du temps. Je ne comprends pas pourquoi. Son mari paye une femme de ménage pour s'occuper des enfants et de la maison, et elle n'est pas tenue d'aller à son bureau. C'est une « créative », elle travaille où elle veut.

Je sais qu'on n'emporte pas son portefeuille dans sa tombe, mais c'est dommage qu'elle n'arrive même pas à se constituer un PEL. En cas de coup dur, de divorce ou de crise du secteur publicitaire, elle serait bien contente d'avoir un peu d'économies. Je lui dis tout le temps, trois mille francs de côté par mois, ce n'est pas grand-chose. D'autant plus qu'elle n'a aucune facture à payer. Elle est propriétaire de son appartement et son mari paye tous les faux frais : téléphone, électricité, chauffage, impôts locaux, taxe foncière. J'aurais une femme pareille, je m'arracherais les cheveux. Je me demande ce qu'il peut bien lui trouver… Elle n'est pas laide, mais très franchement, elle n'a rien d'exceptionnel. C'est le genre de femme ni belle, ni moche, mais que l'on ne retient pas. Je ne pourrais même pas vous dire la couleur de ses yeux. Je ne m'en souviens pas. Elle a l'allure d'une bourgeoise, plutôt septième que seizième, des pantalons noirs à pinces et des mocassins bien cirés. Son visage est dégagé, ses cheveux coiffés en queue-de-cheval. Ça lui donne un air sérieux qui ne lui va pas trop mal. Disons qu'elle passe partout.

Cette année, c'est la troisième fois qu'elle perd sa carte bleue. Elle dit qu'on lui a volé son sac, mais je suis sûr qu'elle l'a oublié dans un magasin. C'est bien le genre… Des clientes comme elle, je m'en passerais bien, mais si je veux garder son mari, je n'ai pas le choix.

La femme de ménage

Je n'aurais jamais pensé que je finirais par faire les carreaux dans un appartement bourgeois du huitième arrondissement de Paris. J'ai toujours dit qu'il n'y avait pas de sots métiers, ignorant qu'il y avait de sots destins. Tel fut le mien ; ou plutôt celui de mon pays, la Roumanie.

J'ai cru que ma terre prendrait le chemin de la vôtre, qu'elle deviendrait une nation des Droits de l'homme. Lorsque Ceausescu est arrivé au pouvoir, je n'ai pas perdu confiance. Je rêvais d'une Marianne nationale qui, au fronton des édifices publics, nous apporterait la liberté, l'égalité et la fraternité. Dans le quartier historique de Bucarest, j'organisais des réunions clandestines où j'enseignais à mes camarades la langue et l'histoire de votre drapeau tricolore. J'avais un certain sens pédagogique puisque j'étais institutrice. Le jour, je pleurais la Roumanie, le soir, je chantais la France. Oui, le soir, je chantais Rousseau, Montesquieu, Baudelaire. Je chantais la vie de l'autre côté du Mur, et tous, nous pensions que d'une enjambée nous pourrions vous rejoindre. Lorsque, en 1987, la pénurie alimentaire a ravagé notre pays, la littérature française ne suffit plus à nous rassasier. Rimbaud, Zola, Hugo n'empêchaient pas nos estomacs de crier famine, mais je tenais bon. Malgré l'austérité drastique à laquelle était tenue la population pour annuler la dette extérieure, je tenais bon. Je n'ai craqué qu'avec le plan de « systématisation », mis en place par Ceausescu en 1988. Je n'ai pas supporté de voir mon quartier anéanti, je n'ai pas supporté de voir les banlieues détruites, je n'ai pas supporté de voir les villages ruinés. Je n'ai pas supporté l'idée d'être transférée, telle une bête, dans une cité-dortoir. J'ai pris le chemin de Cioran, la route de la liberté, et naturellement, c'est vers la France que je me suis dirigée.

J'avais le numéro d'un professeur de sociologie politique à l'université d'Assas. Spécialiste des régimes de l'Est, il s'était rendu plusieurs fois en Roumanie, et nous avions sympathisé.

Il m'avait dit de l'appeler au cas où je viendrais en France. Ce que j'ai fait. Je suis arrivée à Paris un jour de pluie. J'avais une petite valise, *Sur les cimes du désespoir* de Cioran, et le numéro de téléphone de ce quasi-inconnu…

Je ne vais pas vous raconter toute mon histoire, c'est celle de ma patronne qui vous intéresse, alors venons-en au fait : le professeur d'Assas, que je voyais de temps en temps, est venu avec elle à l'un de nos rendez-vous. Appelé par un de ses collègues, il a dû nous laisser. On s'est bien entendues et, avant de se quitter, elle m'a donné son numéro de téléphone, m'encourageant à l'appeler si j'avais besoin de quoi que ce soit. J'avais trouvé cela gentil. Quelques jours plus tard, un de ces jours où l'on réfléchit sur « l'inconvénient d'être né », j'ai décroché mon téléphone. Je cherchais du travail désespérément, je ne trouvais rien… Ça n'allait pas. J'avais besoin d'entendre une voix, une voix de camarade. De la Roumanie, je ne me rappelais plus que les bons moments, nos réunions autour de la langue française. Je me souvenais de la Roumanie que j'aimais, la Roumanie que je languissais.

Je suis tombée sur son répondeur et, avant le

bip, elle m'a répondu. Elle n'avait pas de raison particulière d'être heureuse de m'entendre, mais elle m'en a donné l'impression. Elle m'a invitée à partager son dîner et, dans son studio, j'ai retrouvé la fraternité qui me manquait tant. Notre première nuit fut pour moi des plus étranges. Comme à Bucarest, je me remettais à chanter l'histoire d'un pays, et c'était encore une fois celle de la France. Je défendais cette patrie que j'avais tant admirée et qui, pour elle, ne représentait rien. Elle était née ici, elle avait grandi ici, et la liberté dont elle jouissait lui semblait évidente. Elle trouvait la France morose, ne se reconnaissait dans aucun des symboles qui m'avaient tant fait rêver.

Elle m'a hébergée jusqu'à ce qu'elle rencontre son deuxième mari. Grâce à elle, j'ai obtenu l'asile politique et j'ai trouvé une place de traductrice dans une petite maison d'édition. Je garde un merveilleux souvenir de cette époque. La journée, je m'occupais de son fils tout en travaillant sur mes textes et, le soir, je lui parlais de la Roumanie. Et de Cioran. Le père de son fils venant de la quitter, elle était très réceptive au malaise dont parlait mon bien-aimé compatriote. Aujourd'hui, elle a fait de l'œuvre de Cioran sa bible et je m'en réjouis. Elle le lit dans le bus, dans le métro, le soir avant de s'endormir et même chez l'esthéticienne !

Cette douce époque n'a pas duré longtemps. La maison d'édition pour laquelle je travaillais a mis la clef sous la porte et ma seule amie a rencontré son deuxième mari. J'étais contente pour elle, bien sûr, mais quelle angoisse ! J'avais le sentiment de vivre un second exil. La voir me quitter était aussi déchirant que de regarder Bucarest s'éloigner, à travers la vitre du train. Je n'avais plus de travail, bientôt plus de toit… Les « cimes du désespoir » étaient atteintes ! Du moins, c'est ce que je croyais, car il n'en fut rien. Elle a exigé que je m'installe avec elle chez son nouveau compagnon, prétextant que son fils ne pourrait vivre sans moi. Elle a raconté que j'étais la nourrice du petit – ce qui n'était pas totalement faux. Et c'est ainsi que je me suis retrouvée dans une chambre de service du huitième arrondissement. Au début, elle voulait que son mari me paye, mais elle ne supportait pas que je fasse le ménage ou la cuisine. Elle disait que ce n'était pas ma place. Elle m'obligeait à enseigner le roumain à son fils et, pendant que dans la chambre nous récitions l'alphabet, elle en profitait pour passer l'aspirateur et repasser. Je me suis très vite énervée, je ne supportais pas cette situation qui faisait de moi un parasite. Je préférais me retrouver à la rue que d'être payée à ne rien faire. La vie ne m'avait pas habituée à de telles facilités.

Un soir, son mari est rentré et il m'a dit : « Je vous invite au restaurant. » Nous sommes allés dîner tous les trois, c'était dans un bistrot près de la Concorde, je m'en souviens encore… Il savait tout de mon histoire, la Roumanie, mon métier d'institutrice, mon boulot de traductrice, l'asile politique, ma vieille mère toujours à Bucarest à qui j'envoyais un chèque de temps en temps… Elle lui avait tout dit. J'étais verte de rage, rouge de honte, je lui en voulais de m'avoir trahie… Je pensais qu'il me congédierait et je me sentais humiliée d'avance, c'était horrible ! Il a été formidable. Il s'est inventé un besoin d'apprendre le roumain et le piano (j'ai quelques notions musicales), a décrété ma présence indispensable au sein de leur nouvelle famille. Je n'ai pas eu le droit de le contredire.

Depuis plus de dix ans, je vis donc avec eux. J'enseigne toujours le roumain à son fils et à son mari, depuis peu à sa petite fille, et je m'occupe de la maison. Je fais les courses, la cuisine, le ménage quand elle veut bien. Je suis un peu nostalgique de notre période « studio », mais notre vie ici est formidable. J'adore Colette, notre voisine, une femme de quatre-vingts ans qui parle roumain couramment. Le quartier est très vivant et tout le monde est adorable avec moi. J'ai le sentiment d'être sauvée. Grâce à elle. Je serais bien incapable de vous décrire ses qualités et ses défauts, car je l'aime comme on chérit son sang et sa terre. En elle, j'ai trouvé bien plus qu'une amie, qu'une sœur, qu'une femme. J'ai trouvé la France dont je rêvais, la France fraternelle, libre, accueillante, la France que je souhaitais pour la Roumanie. Ce que j'ignorais et que j'ai découvert en mai 2002, c'est qu'il y a deux France. Celle que j'ai eu la chance de rencontrer dès mon arrivée à Paris, celle où je vis, et l'Autre. Une France inquiète, peureuse, fermée, une France qui, sans me connaître, ne me donnera jamais son amitié. Quelle chance d'avoir connu la meilleure !

Le patron

Je suis tombé sur elle en passant une annonce dans son école. Je fais partie de l'association des anciens élèves. Elle est venue me voir au bureau un vendredi soir, j'étais pressé, je partais à L.A. pour le week-end. J'ai voulu remettre notre rendez-vous au lundi, mais elle ne m'en a pas laissé le temps. Elle m'a remis un dossier entre les mains, ni vu ni connu j't'embrouille, et elle s'est tirée. Vous savez, on n'a pas besoin de plusieurs mois pour savoir si quelqu'un est compétent. Je vous le dis franchement, moi je le sais au premier regard. Cette fille-là, elle avait de l'ambition, c'était évident. J'ai feuilleté son dossier, du béton armé ! Elle connaissait son sujet sur le bout des doigts, une vraie pro. Je l'ai prise en stage. Je ne risquais rien, elle avait une convention, cela ne me coûtait que mille huit cents balles par mois. Aujourd'hui, elle a multiplié son salaire par vingt-cinq : c'est la Créa number one.

Elle a de bonnes idées, pas toujours originales, mais qui tiennent super bien la route. Son fonds de commerce, c'est son savoir. Elle connaît les publicités du monde entier par cœur, elle pourrait travailler pour *Culture Pub* sans problème. Je ne lui dis pas trop, elle risquerait de m'écouter. Elle parle peu, écoute beaucoup, puis lance un slogan comme une fulgurance. Quand elle a commencé, elle arrivait au bureau à huit heures le matin et ne repartait jamais avant vingt-deux heures. Une acharnée. Elle avait une telle rage… pourtant, j'y suis habitué, avec le nombre de nanas que je vois défiler ici, mais elle, c'était du délire. Ça lui a passé. Dès qu'elle a connu son deuxième mari, elle a eu besoin de liberté. Elle a décidé de travailler chez elle. Ça m'ennuyait bien sûr, surtout par rapport au reste de l'équipe, j'ai pensé la licencier… mais elle est IN-DIS-PEN-SA-BLE ! Elle est douée pour ce métier, y a pas à chier. J'ai accepté le deal et j'ai bien fait. Elle travaille toujours autant, toujours aussi bien et, en même temps, elle peut s'occuper de ses enfants. Tout le monde est content. Évidemment, je préférerais l'avoir à côté de moi. Je ne vous cache pas que ses petits jeans moulants me manquent un peu. Cette fille a un cul d'enfer. Mais que voulez-vous, il faut rendre à César ce qui lui appartient : c'est son mari qui en profite. Moi, je me contente d'une réunion par semaine... De toute façon, quand elle était là, la tentation était trop grande, j'aurais fini par lui sauter dessus. Je ne suis pas parano mais, par les temps qui courent, il vaut mieux éviter ce genre de promiscuité. J'ai assez de mes contrôles fiscaux et d'Urssaf pour ne pas, en plus, me retrouver avec un procès pour harcèlement sexuel ! Plus sérieusement, sur le plan professionnel, le fait qu'elle travaille chez elle ne change absolument rien. Avec Internet, on se débrouille très bien à distance et, lorsqu'on a une réunion, elle débarque.

Je suis toujours bluffé par ses présentations de projets. Elle ne balance pas ses slogans comme une bouteille à la mer ; non, tout est pensé, vachement bien ficelé. Chaque pub est une histoire, c'est ça qui fait son succès. Quand je vois ce qu'elle fait avaler à ses DA, je ne peux pas m'empêcher de sourire : ils sont tous à ses pieds, c'est du jamais vu, et, quand on rencontre les clients, elle se démerde mieux que les commerciaux. Elle connaît si bien son taff que c'est elle qui pourrait se passer de moi ! Je plaisante.

Cette année, elle nous a fait augmenter notre chiffre d'affaires de vingt pour cent. Grâce à elle, on a décroché un contrat avec Yoyo. Ne me demandez pas comment, moi-même je n'en reviens pas. J'essaye de les avoir depuis dix ans, mais les campagnes que je leur propose ne vont jamais. La nouvelle pub que vous voyez à la télé, vous savez, celle où les pots de yaourt parlent aux mômes, eh bien c'est elle. L'idée lui est venue lors d'un déjeuner qu'on se partageait dans mon bureau, l'été dernier. Il faisait chaud, elle s'est mise à délirer et voilà ! Épatant, non ? Elle est si vive que parfois je la soupçonne de prendre des substances illicites. On peut parler, vous n'êtes pas flic ? De toute façon, je ne vous apprends rien ; vous savez qu'on ne tient pas debout vingt heures sur vingt-quatre par miracle. Je n'aime pas particulièrement la coke, mais c'est quand même pas mal. Vous avez une pêche de fou. Moi, là, dans mon bureau, au quinzième étage de cet énorme building, je vous dis la vérité, je suis le roi du monde ! Une petite ligne et, les projets, ça pousse dans ma tête comme des champignons, c'est dément. Je bouffe la vie, je dis merde à tout le monde, et je fais du fric comme si j'avais des machines à billets ! Elle, elle est pareille. Elle cache bien son jeu, mais je l'ai attrapée. C'était en septembre, on était à la soirée de lancement du parfum *Femâle*. Une SOI-RÉE, mes amis, comme j'en ai rarement vu. Les types avaient loué le siège d'un parti politique, c'était grandiose. Des mannequins déguisées en sorte d'hermaphrodites se baladaient à moitié nues entre les invités, et je peux vous assurer qu'elles n'avaient pas des tronches d'ouvrières ! Le parti qui a des militantes pareilles, je prends ma carte demain matin. Il y avait une ambiance de bordel à vous filer la trique jusqu'à l'aube. Ce soir-là, elle était vraiment sublime. Elle s'était fait prêter un smoking Saint Laurent, très échancré sur la poitrine et elle ne portait rien dessous. On est arrivés ensemble, mais on n'avait pas passé la porte qu'on a dû se séparer. Vous savez ce que c'est les soirées, RP obligent. Je ne l'ai retrouvée qu'au bout de deux heures, affalée sur le carrelage des chiottes. Elle n'était pas belle à voir… l'angoisse ; c'était impossible de la ramener chez elle dans cet état-là. Elle en avait plein le nez, sans compter les verres de vodka qu'elle s'était enfilés. Elle se croyait en Russie, à cause des affiches de campagne aux murs. J'ai cru qu'elle allait me claquer dans les bras. Je l'ai portée jusque sur le trottoir, à l'extérieur ; on s'est installés sur des espèces de matelas qu'ils avaient mis là pour la circonstance. Il y avait aussi du sable et des cocotiers en plastique. L'idée, c'était que la plage avait émergé du pavé. En douze ans de collaboration, c'est la seule fois où je l'ai entendue me parler de sa vie. Elle en avait gros sur la patate, il fallait qu'elle crache le morceau. Elle m'a fait de la peine, elle disait qu'elle était moche, grosse, inutile. Elle avait le sentiment d'avoir tout planté ; sa vie lui semblait être une succession d'échecs. Je n'aurais jamais pensé qu'une fille comme elle pouvait avoir des idées aussi noires, elle qui est l'incarnation du bonheur. Quand on la voit, on rêverait de lui ressembler. Elle a un super boulot, un mari qui l'aime, de beaux enfants, une jolie maison… C'est bien connu, la déprime, c'est la maladie des riches. J'en pouvais plus de l'entendre pleurnicher, elle était défaite et je ne savais pas comment la calmer. Que pouvais-je lui dire, j'étais moi-même pas très net. Je crois qu'on est rentrés vers quatre heures du matin, le temps qu'elle redescende. Le lendemain, elle m'a dit que son mari n'avait rien vu, il ronflait à poings fermés ! Pauvre homme…

Je ne sais pas si elle continuera sa carrière. Quand elle s'est mariée, je lui ai dit de ne pas faire cette connerie. Maintenant, c'est trop tard. Elle a deux gosses, un ex-mari, un mari, un appart… Comment voulez-vous qu'elle s'en sorte ? Au bureau, les petites jeunes guettent le moment où elle rendra son tablier… je n'ai pas l'impression que ce soit pour demain. Elle lutte, elle lutte. Elle me donne le tournis au point que, parfois, quand je vois son teint barbouillé, ses cernes bleus qui la défigurent, j'ai envie de lui offrir une semaine de thalasso.

La voisine

J'habite cet appartement depuis 1938, l'année où je me suis mariée. En ce temps-là, l'immeuble entier appartenait à mes beaux-parents. Le père de mon mari avait une très belle situation. D'origine juive roumaine, il s'était installé en France au début du siècle pour se lancer dans l'art. Dans les années quarante, il était devenu un grand marchand. Lui et sa femme vivaient au troisième étage, nous au second, et le premier restait libre pour les amis de passage. En 1942, ils ont tous été déportés, il n'y a que mon époux qui soit revenu d'Auschwitz. J'ai réussi à épargner les deux appartements du deuxième étage, les autres ont été réquisitionnés. On n'a jamais pu les récupérer. Quand j'ai perdu mon mari, en 1994, j'ai décidé de me séparer d'un des deux logements. Celui qui servait de bureau à mon époux. Chaque fois que j'étais sur le palier, je ne pouvais m'empêcher de pleurer. Cet appartement était devenu un musée de souvenirs, je n'osais rien déplacer, c'était malsain.

J'ai passé une annonce dans *Le Figaro*, à laquelle elle a répondu le jour même. Elle est venue seule à la première visite. Elle a eu un coup de cœur. Il faut dire que cet appartement a beaucoup de charme et, à l'époque où elle l'a visité, l'univers de mon mari était intact. Il y avait son piano à queue au milieu du salon, ses bibliothèques, des dessins de nos amis peintres… Une vie bien dense. Elle m'a tout de suite plu. Elle avait quelque chose d'humain dans le regard, une curiosité, un sourire… Je pense qu'elle n'aurait jamais convaincu son mari d'acheter cet appartement si elle l'avait visité vide. Notre rencontre, la vie qu'elle s'imaginait ici l'a séduite, davantage que le lieu lui-même. J'ai tout de suite senti qu'elle était de ces femmes qui, à défaut de trouver un sens à leur vie, lui donnent une esthétique. Elle m'a longuement interrogée sur mon mari, notre existence. Elle semblait en manque d'exotisme et, malgré mon chagrin, j'en ai eu pour elle plus que pour moi. Pour sa vie, sa morne vie.

Le lendemain, elle est revenue avec son mari. Un homme assez taciturne, peu bavard, mais extrêmement courtois. Encore aujourd'hui, je me demande comment elle est parvenue à le décider, car aucune des prestations ne lui convenait : il voulait un parking, il n'y en avait pas ; quatre chambres, il n'y en avait que deux ; un ascenseur, le syndic de l'immeuble ne le voterait jamais. L'histoire a traîné deux mois, mais elle me téléphonait chaque semaine et, à l'occasion, passait me voir. Quand elle a emménagé, on était presque devenues amies.

J'ai connu son fils, il n'avait pas deux ans. J'adore ce gamin. Il me rend visite sans arrêt, pour rien. Il me fait rire, il dit que je suis plus intéressante que les livres d'histoire. C'est agréable, non ? Sa petite sœur n'a que six ans, mais elle ne lui ressemble pas du tout. Elle ressemble davantage à son père qu'à sa mère. J'aime aussi beaucoup Marika, leur femme de ménage. Sans doute parce qu'elle est roumaine, elle me rappelle un peu mon passé. C'est une virtuose du piano et, chaque fois que je l'entends, je suis bouleversée. Mon mari était un grand pianiste, il travaillait des heures durant, c'était merveilleux. Je me souviens que l'été, quand il jouait les fenêtres ouvertes, les passants s'installaient dans la rue, à la porte de notre immeuble. Les étudiants, les amoureux, les touristes, les flâneurs, tous avaient droit à un concert gratuit… Enfin, je ne vais pas vous parler de moi, c'est elle qui vous intéresse. Eh bien, que voulez-vous que je vous dise ? C'est une femme comme les autres, qui ne demande qu'à être tranquille. Vous savez, on se fait toujours une montagne de ce qui n'est rien, on voit de l'importance là où il n'y en a pas, et vice versa. Vous comprenez ? Non ? C'est pourtant simple. Les jeunes gens ont tendance à croire qu'un homme est important parce qu'il passe à la télévision et qu'une femme est séduisante parce qu'elle porte des talons. Moi, à quatre-vingts ans, plus rien ne m'impressionne ! Ni les stars de télé, ni les femmes en talons, et je dis toujours aux gens, quand quelqu'un les impressionne, d'imaginer ce quelqu'un sur la cuvette des WC. C'est idiot, très simple, mais cela remet les choses à leur place. Quand on a conscience qu'on est tous fichus pareil, les complexes s'envolent. C'est un résistant qui m'a appris cela.

J'étais jeune, la Gestapo avait quadrillé Paris et j'avais peur de me faire arrêter. Je cachais des juifs dans ma cave. Je n'oublierai jamais ce que cet homme m'a dit : « Si un SS t'interroge, ne te démonte pas. Imagine-le sur les WC, son pantalon en accordéon sur les chevilles et tu verras, tout ira bien. » Il s'appelait Maurice Valle. Des Français l'ont dénoncé et il s'est fait fusiller en mai 1943. Pourquoi je vous raconte cela, ce sont de vieux souvenirs… Ah, oui, pour vous dire qu'il ne faut pas se laisser impressionner. Vous avez les yeux écarquillés et les oreilles grandes ouvertes comme si j'allais vous révéler le secret de cette femme ! Mais elle n'a rien de particulier, cette femme. Elle a son appartement, son mari, ses enfants, ses petits problèmes, ses rêves… tout comme vous et moi. La seule différence avec moi, c'est qu'elle a devant elle ce que j'ai derrière moi : la vie !

Ce qui est formidable, c'est que rien pour elle n'est encore arrêté, comme pour moi à une époque, et je ne le savais pas. Quand je la regarde, c'est toujours ce que je me dis. Tout est possible. Elle rentre chez elle, s'apprête à faire à dîner, porte le nom de son époux, mais si elle le voulait, tout cela pourrait changer. Il lui suffirait de ne plus rentrer, de divorcer, de s'exiler à l'étranger et de se construire une nouvelle situation. Ailleurs. Autrement. Elle a la vie devant elle, c'est un cadeau dont on est trop souvent indigne. La jeunesse la rend libre. Elle n'est pas encore esclave de son corps. Il est là, à l'écoute de ses désirs, disponible. Elle n'a pas conscience de ces vies successives potentielles qui, devant elle, s'allongent comme les années. Elle croit jouer sa dernière carte, elle a peur de la mort. Je le vois dans ses yeux, pour échapper à cette angoisse, elle s'offre l'illusion de vies parallèles. Elle change de chemise en pensant changer de peau et, du jean à la jupe, s'imagine passer de l'adolescence à la maturité. Mais, au fond, elle reste la même. Une femme qui porte en elle le souvenir de l'enfant qu'elle fut et l'image de la grand-mère qu'elle deviendra. Ce qu'elle ignore, c'est que chacune de ses journées la fixe un peu plus. Dans quelque temps elle sera comme moi, une vieille femme aux cheveux blancs qui se retournera sur sa vie, pleine de regrets, pleine de sourires.

La belle-mère

Quand je suis arrivée à la fête que mon fils donnait à l'occasion de ses cinquante ans, j'ai tout de suite su qui elle était. Je ne la connaissais pas, personne ne me l'avait décrite, mais l'intuition d'une mère est sans faille. Immédiatement, j'ai senti une tension entre nous, quelque chose de trop fort pour que nous demeurions de simples étrangères. Je vous avoue que ma première impression n'a pas été bonne, or les premières impressions sont toujours les bonnes. Comme dit le proverbe, il faut s'y tenir.

Ne pensez pas que, si je n'ai pas aimé cette fille, c'est parce qu'elle allait me « voler mon fils », pour reprendre les termes des psychanalystes ou des magazines. J'ai trois garçons, alors vous savez, les belles-filles, j'en fais mon affaire. Je m'entends très bien avec les deux autres. Je mets de l'eau dans mon vin, je fais tout pour me rendre agréable et ça roule comme sur des roulettes. Avec elle, le courant ne passe pas. J'ai bien essayé, mais il n'y a rien à faire. Dès le début, elle m'a vue comme son ennemie. Le soir de cette fête, par exemple, ils étaient ensemble depuis trois mois à peine et figurez-vous qu'elle ne me laissait même pas entrer dans la cuisine. Chez mon propre fils ! Elle feignait d'être serviable : « Ne bougez pas, qu'est-ce que je vous sers ? Je vous interdis de vous lever… », mais ce n'était pas de la courtoisie ; elle marquait son territoire, elle me disait : « Halte-là, ton rôle est terminé. » J'avais l'impression d'être une étrangère, j'étais chez elle et non plus chez mon fils. Avouez que, au bout de trois mois, c'est tout de même rapide.

Quand j'ai appris qu'elle avait déjà un enfant, j'ai été bouleversée. J'aurais accepté que mon fils épouse une roturière, une enfant de divorcés, une goy même ! Mais pas une femme-mère. Ce gamin n'est pas méchant, il n'a pas demandé à venir au monde, mais ce n'est pas à mon fils de s'occuper de lui. Il est entièrement à sa charge, vous savez, et il lui coûte une fortune.

Les vacances, par exemple, c'est mon fils qui les paye. Heureusement, il a une bonne situation, cet enfant, ça ne modifie pas son train de vie, mais je trouve que ce n'est pas son rôle. Ce n'est ni son père, ni son tuteur. Il m'en veut de faire la différence entre ce gosse et sa vraie fille, mais l'un m'est étranger, l'autre est ma petite-fille ! On ne peut tout de même pas aimer les étrangers comme ceux de son propre sang ! Sa femme ne veut pas comprendre ce qui, à mes yeux, me paraît légitime. Vous verriez comme elle me regarde... Elle a toujours ce petit sourire narquois au coin des lèvres, une espèce de désinvolture insupportable ! Parfois, je la giflerais. Le dernier cadeau qu'elle m'ait fait, c'était *Poison* de Christian Dior. Je n'apprécie pas du tout son sens de l'humour, je le trouve déplacé et irrespectueux.

Elle est fausse. Mon fils ne s'en rend pas compte car elle appartient à cette race de gens qui ne disent pas les choses. Il est impossible de se fâcher avec elle, elle ne vous en offre pas l'occasion. Elle est imperméable à tout ce qui l'entoure, une morte. Elle se garde bien de donner son avis, elle joue les idiotes, mais ce n'en est pas une. Elle est même très intelligente, je dirais machiavélique. Si vous saviez ce qu'elle a fait avaler à mon fils… À commencer par son contrat de mariage, une véritable abomination. Le pauvre, il n'a pas où aller, il est tenu de vivre avec elle jusqu'à la fin de ses jours, sans quoi il se ruinerait. Quel gâchis !

Je me suis énervée contre elle une seule fois. C'était il y a quelques années, dans notre maison de famille de Biarritz. Je mourais d'envie de la voir vider son sac, j'avais besoin de l'entendre me dire mes quatre vérités en face. J'en avais surtout par-dessus la tête que mon fils passe pour un crétin, car toute la région savait ce qu'elle manigançait derrière son dos. Elle fricotait avec le plagiste, figurez-vous. J'en rougis encore ! Pendant qu'il faisait la sieste, éreinté par une année de vie parisienne surchargée, madame se faisait culbuter dans les dunes. Quelle honte ! Tout le monde nous connaît là-bas, nous sommes une famille respectée ! Je peux vous assurer que, depuis, les voisins ne nous regardent plus du même œil. Cet été-là, je n'en pouvais tellement plus qu'un soir j'ai craqué. Les mots sortaient de ma bouche sans que je ne parvienne à les retenir, je n'arrêtais pas de lui lancer des piques. Croyez-vous qu'elle se serait défendue ? Pas du tout. Elle s'est levée, elle est montée dans sa voiture et elle a filé sur Paris. Elle a abandonné son mari et sa fille, sans aucun scrupule. Le plus injuste dans cette affaire, c'est que mon fils m'en a voulu. À moi ! J'ai eu beau lui expliquer que cette fille était mauvaise – je n'ai pas osé lui dire qu'elle le cocufiait, je ne voulais pas l'atteindre dans sa fierté masculine –, il n'a rien voulu savoir. Elle était la victime, et moi le tyran. À notre époque, c'est le lot des belles-mères. Quand je pense à la mienne, je me dis qu'elle avait vraiment de la chance. J'ai supporté la mère de mon mari jusqu'à l'âge de quarante ans. Elle habitait chez nous : elle n'a pas supporté de quitter l'Algérie. Elle dirigeait le personnel, donnait son avis sur tout, repassait sans arrêt derrière moi. Je n'ai jamais rien dit. Pas un mot. Si je m'étais comportée comme elle, je comprendrais que ma belle-fille ne m'apprécie pas, mais je ne suis pas envahissante. Je les laisse tranquilles, je ne les juge pas. Leur existence me déprime. Elle travaille comme une acharnée, délaisse complètement son foyer. Leur maison est une véritable auberge espagnole. Il n'y a aucune tenue, aucune rigueur. Quand je vais chez eux à l'improviste, je ne sais jamais qui je vais y trouver. Leur femme de ménage fume cigarette sur cigarette et passe son temps à boire des thés chez la voisine. Les gosses sont livrés à eux-mêmes. Ma belle-fille n'est ni une maîtresse de maison, ni une mère. Elle nourrit ses enfants de surgelés, ne reçoit jamais personne… enfin vous voyez le tableau : métro, boulot, dodo. Et puis, elle n'est pas juive, elle se moque de nos traditions. Pour ma petite-fille, c'est désolant. J'espérais mieux pour mon fils, il a tellement de qualités… C'est quelqu'un d'exceptionnel, quelqu'un qui avait besoin d'une femme à sa hauteur. Je ne dis pas qu'il faut être l'esclave de son mari, la révolution féministe c'est très bien, mais il y a des limites. Elle prend mon fils pour un carnet de chèques, alors comment voulez-vous que, dans ces conditions, je l'apprécie ? C'est impossible, n'importe quelle mère réagirait comme moi. Et encore, je me trouve très conciliante. Allez demander à mes amies ce qu'elles feraient, vous verrez. Telles que je les connais, elles sortiraient les griffes, peut-être même qu'elles déshériteraient leur fils. Et pour moins que ça…

Nous sommes dans une telle impasse que j'en arrive à souhaiter qu'ils divorcent. Mon fils est encore bien, il pourrait se trouver une jolie femme, intelligente, qui l'aime pour autre chose que pour son argent et qui ne le trompe pas. Quand il me rend visite, je m'arrange pour faire venir les filles célibataires de nos relations. On ne sait jamais… Je sais que ce n'est pas très moral, mais ma belle-fille n'a aucune morale. Pourquoi, moi, devrais-je en avoir ?

LES SAVANTS

(par « savant », entendre :
celui qui en sait long sur son compte)

L'admirateur anonyme

« L'imbécile heureux, son sourire béat collé sur sa face d'abruti, regardait la bouche de métro déverser sa marée humaine sur l'asphalte quand, subitement, il l'aperçut. La belle brune, perchée sur ses talons aiguilles, le visage au vent, fendait bravement la foule et peut-être le regardait. Peut-être. Ses yeux sortirent de ses orbites, sa langue de sa bouche, ses mains de ses poches. Son cœur implosa, son sang ne fit qu'un tour. La flèche de Cupidon venait de l'atteindre et il n'en devint que plus stupide. »

Vous l'avez compris : l'abruti c'est moi, la jolie brune, c'est elle. Pourquoi suis-je un abruti ? Parce qu'en ce temps-là je n'en foutais pas une, parce qu'il me fallait aimer quelqu'un, parce que ce quelqu'un ce fut elle, parce que, depuis trois mois que je la suis, je ne connais toujours pas son prénom, parce que cette nana n'est peut-être pas du tout mon genre de fille. Voilà pourquoi je suis un abruti ! Mais j'y peux rien, je suis fait comme ça, moi ! Quand je me passionne pour un truc, je ne peux plus m'en défaire. Je suis mordu, je suis mordu ! J'ai eu ma période timbres, mon époque capsules, ma phase tabatières, mon trip porte-jarretelles. Les porte-jarretelles, ça a bien duré deux ans, je faisais l'aller-retour Paris-Amsterdam dans la journée, là-bas, ils ont des putains de trésors ! Je passais aussi mon temps chez une lingère du côté de la porte de Saint-Ouen, elle avait de ses attirails… de la bombe, bébé !

La première fois que je l'ai vue, donc, en sortant du métro, j'étais passé à ma période nanas. Mais pas n'importe lesquelles, ne me prenez pas pour un tueur en série ou pour un malade ou je ne sais quoi, hein ?!!! Les filles qui me fascinaient – et qui me fascinent toujours – sont celles qui ont les yeux de deux couleurs différentes. Cela me bouleverse, j'ai envie de chialer. Quand j'ai vu son regard, mi-vert, mi-jaune, au milieu de tous ces gens aux mirettes marron ou bleues, ça m'a pris au ventre d'un coup d'un seul ! J'aime les filles au regard bicolore car j'ai l'impression d'en avoir deux pour le prix d'une. Quoi ? La loi du marché m'a contaminé, c'est ça ? Je suis une belle ordure qui pense pouvoir d'achat même en amour ? J'assume, et j'assume d'autant plus que je n'en gagne pas une. Je suis au chômage depuis deux ans, bientôt en fin de droits, alors la morale, merci bien, ça fait belle lurette que je m'en suis débarrassé. En France, y paraît que faut être dans la dèche pour devenir un artiste. Un vrai. Ça fait vingt piges que je galère, et j'ai jamais eu le droit à cette reconnaissance. Ni de mes parents, ni de personne. Même plus de l'État, mais l'État je l'excuse, parce que je lui ai pris trop de pognon. Entre le RMI, le chômdû et surtout les aides du ministère de la Culture, j'ai pas mal ratoné. Il m'en reste un peu, ça me serre à développer mes photos.

De quoi je vous parlais, déjà ? Des femmes, non ? Des femmes aux yeux bicolores. C'est formidable… Deux femmes en une seule, qui oserait me dire que ce n'est pas formidable ? Je pensais qu'à force de la fréquenter (de loin bien sûr, elle ignore mon existence puisque je ne l'ai jamais abordée) je finirais par me lasser. Eh bien pas du tout, plus je la suis, plus je suis accro. Et le plus génial dans cette histoire, c'est que, grâce à elle, je vais devenir une méga star… ouais, ouais, une méga star, vous m'avez bien entendu. L'autre jour, je suis allé à la Fnac… quand on bosse pas, on a du temps, c'est pas mal, alors je traînais dans les rayons… Je les ai tous faits, les appareils photos trois fois plus chers que les cachets que je recevais avant de devenir un « marginal », comme dit l'assistante sociale, les compacts discs avec les gueules de dizaines de petites tapettes en tête de gondole, les cadres photos pour les bourges qui *rentrent* de vacances, les pelloches pour les bourges qui *partent* en vacances, les livres… C'est aux livres que j'ai pris mon pied. Vachement bien, les livres, tu peux toucher, on te laisse faire, ça coûte que dalle. Pourquoi je vous dis ça déjà ? Depuis que je bosse plus, j'ai la mémoire qui se barre en sucette. Les livres, les livres… ouais, bon ben c'est cool, les livres.

Un œil vert, un œil jaune, c'est pas mignon ? Ah, je vous jure, j'en rêve la nuit de ses yeux, je rêve de les avoir dans les miens, et je rêve d'autre chose aussi, mais, par égoïsme, je les garde pour moi, ces rêves qui vont me rendre célèbre. Ah, ça y est, ça me revient, je sais pourquoi je vous ai parlé de la Fnac et des livres. L'autre jour, justement, j'ai vu celui d'une nana, une photographe, je crois bien. Elle faisait que des portraits d'elle, aux chiottes, au pieu, au resto, le matin, la nuit, en France, ailleurs, etc., etc. Le livre s'appelait *Le Quotidien d'une banale* ou un truc dans le genre. Eh bien, vous me croyez si vous voulez, le livre coûtait cent euros et il s'était déjà vendu à cinquante mille exemplaires. Sans compter les traductions et tout le bastringue ! Faites le calcul, vous verrez, la photographe, elle s'en est mis plein les fouilles, alors moi, ça m'a donné une idée. Je vais faire un livre, ce sera *Bicolore*. Ça va faire un carton, c'est sûr. J'ai déjà commencé à bosser, mais je n'ai pas encore un seul cliché de ses yeux. Si je veux garder mon titre, c'est un peu con.

Février, c'est le mois où je l'ai rencontrée, j'ai surtout travaillé de loin. J'avais peur qu'elle me voie, avec les malades qui traînent, les femmes sont sur la défensive. Elles ne se laissent plus aborder comme avant, elles ont les jetons. J'ai pris trois mois avec sursis il y a un an… pour une connerie, rien de grave, mais bon, faut que je fasse gaffe. Si elle me dénonce aux flics (pour les photos), je suis bon pour la taule. Je vous disais donc, au mois de février, j'y suis allé mollo. J'ai pris quatre cents photos, peut-être un peu plus, toujours de loin. Elles ne sont pas démentes, mais ça donne une idée du personnage… c'est pas mal, regardez.

En *mars-avril*, j'ai gagné du terrain. J'ai pas encore réussi à choper ses yeux, pourtant je déprime pas ; je suis en progrès, m'a dit un pote. Je veux pas me lancer de fleurs, mais je suis doué pour la photo, y a pas à chier !

Bon, là on voit rien, mais c'est normal, elle est dans un café, du côté de la porte de Clichy. Elle y va tous les lundis matin, elle retrouve un vieux libidineux. J'aime bien cette photo parce qu'on me voit en train de la prendre. La photo, pas elle, mais sur le papier, je suis quand même dans son corps !

Ce cliché-là a été pris un jeudi midi. Elle entre dans un immeuble de la rue de Rivoli, en face des Tuileries. Il y a un institut de beauté au premier étage, mais cela ne m'explique pas pourquoi, tous les jeudis, elle est si bien habillée.

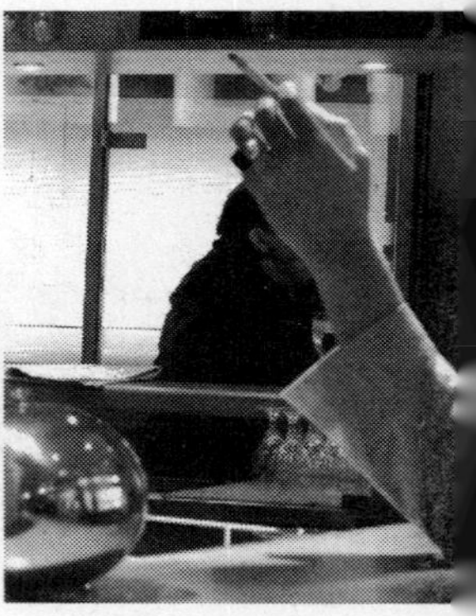

Ici, c'est dans un café, rue du Rocher dans le huitième. Elle fume une clope ; j'hésite entre des Marlboro Lights et des Lucky Strike (trop loin pour savoir).

En *mai*, désespéré de ne pas réussir à photographier ses yeux, j'ai essayé de nouer le contact. Je lui ai déposé un poème de Ronsard sur son pare-brise. C'est le « Sonnet à Marie » ; elle s'appelle sûrement pas Marie, mais c'est le premier poème que j'ai trouvé en allant sur Internet ; et puis, c'est pas mal, Marie, ça fait vierge.

Les événements ont joué en ma faveur ; le 1er Mai, on s'est retrouvés à la manif, à République. On a échangé deux mots et je lui ai envoyé un message, dans *Libé*.

[entre nous]

Contact → (01 44 78 30 40) - daam@espaces.liberation.fr

[jour de fête]

Nouvellement entrée en scène,
Julie se joint aux
4 Bambins Valentin,
Nicolas, Augustin et Thibault,
pour souhaiter à son GRAND PAPA
préféré un très joyeux
60ème anniversaire.
Sylvia et Jean, aussi !

[messages personnels]

21/04, Soir de tritesse, Place de
la République,nous avons
commencé à discuter. Tous les 2
nous n'avions pas voté. Puis, nous
nous sommes perdus dans la foule.
J'aimerais tant vous revoir.
Tél : 06.75.87.26.12

Si elle ne répond pas à mon message dans *Libé*, eh bien je changerai le titre de mon livre. Je ferai quelque chose sur tous les objets qu'elle a perdus, jetés ou oubliés, et que j'ai soigneusement récupérés. Ça fera un carton, c'est sûr!

Un Stabilo oublié au Café de la Poste.

Un briquet abandonné au même endroit.

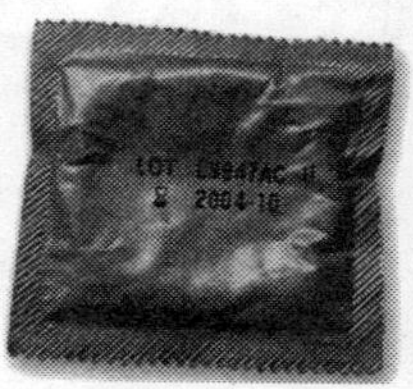

Une serviette hygiénique et un préservatif (lequel m'a beaucoup déçu), tombés de son sac quand elle est sortie de sa voiture.

Au vu de ces éléments, j'ai déjà de la matière : je peux dire que c'est une fumeuse qui voudrait avoir des rapports avec des inconnus (le préservatif), mais qui est peut-être encore vierge (la serviette hygiénique). Je peux avancer, sans risque, que c'est une étudiante ou une prof. Y a que ces gens-là pour surligner. Bref, j'ai de quoi faire.

Le psychanalyste

Je ne suis pas encore à la retraite, ma patiente est toujours en vie. Désolé, mais je suis tenu au secret professionnel : d'elle, je ne vous dirai rien.

Le confesseur

Il y a une vingtaine d'années, j'ai vu une petite fille entrer dans l'église. Toute seule. C'était un jour de semaine, en fin d'après-midi. Elle portait une robe de velours rouge, un béret écossais et un cartable deux fois plus grand qu'elle. Elle regardait l'autel d'un air curieux. Elle semblait impressionnée. Le silence sans doute, les cierges, les peintures. Je pensais qu'un adulte n'était pas loin, derrière un pilier ou sur le parvis. La gamine ne bougeait pas. Comme personne n'arrivait, je me suis approché d'elle et je lui ai demandé ce qu'elle voulait. « Vous parler », m'a-t-elle répondu. Nous nous sommes installés sur un banc et elle m'a dit qu'elle avait un gros problème : elle ne croyait plus en Dieu. Cela la rendait aussi triste que le jour où elle avait découvert que le Père Noël n'existait pas. Elle avait un discours d'une étonnante maturité, elle culpabilisait d'être née dans une famille aisée, d'avoir ses deux parents, de partir en vacances... C'était très touchant qu'elle veuille croire en Dieu. Elle attendait que je la convainque de Son existence, que je lui donne des preuves tangibles de la présence du Seigneur. Elle ne comprenait pas que le Bon Dieu soit silencieux.

Cette petite fille m'inquiétait beaucoup. Son problème la rongeait et elle n'osait en parler à personne. Il y a trente ans, j'avais connu un garçon de dix-sept ans dans le même cas... il s'était suicidé. Que Dieu ait son âme. J'aurais voulu rencontrer ses parents, mais cette petite était très vive. Elle le sentait et je n'ai jamais réussi à lui faire dire leur identité. J'ai pris le parti d'être patient, de lui donner envie de venir me voir quand elle le souhaitait. Il y a eu six mois difficiles et, un jour, elle est entrée dans l'église l'air triomphant. Elle m'a dit : « J'ai trouvé une solution : je crois que Dieu n'existe pas, mais je suis sûre que, comme aujourd'hui, des hommes qui ont cru en lui ont existé ; eh bien moi, je crois en eux. » Ce qui l'a sauvée, c'est de posséder cette foi qu'ont les savants, la foi en l'homme. Elle aime les lieux saints. Non parce qu'ils la rapprochent du Seigneur (elle n'y croit pas plus aujourd'hui qu'hier), mais parce qu'ils la rattachent à l'Histoire. Quand elle entrait ici, elle me disait qu'elle avait le sentiment d'être au Moyen Âge et d'entendre les sabots des chevaux sur le parvis. Pour une gamine de douze ans, c'était une réflexion très mûre.

Depuis, elle s'arrête ici comme dans un café. Parfois, elle me dit juste un petit bonjour et s'en va. Parfois, elle reste une bonne heure et nous discutons. Nous avons quelques sujets de discorde, comme la Bible. Elle l'a lu plusieurs fois, mais refuse d'y voir un texte sacré. Elle considère que c'est un recueil de lois pour les enfants. Quand elle me dit cela, j'ai envie de lui tordre le cou ! Elle avance, par exemple, que les Dix Commandements n'ont pas été donnés par Dieu, qu'ils ont été écrits par les hommes. Elle estime que la mention du don divin ne vise qu'à assurer une légitimité plus forte au Décalogue. J'ai beau lui montrer que ce don au Sinaï est écrit noir sur blanc, elle me dit que c'est un mensonge. Un mensonge utile, ajoute-t-elle, car elle estime que les hommes ne craignant pas leurs semblables ont besoin d'un pouvoir au-dessus d'eux. En cela, je suis assez d'accord.

Son athéisme ne l'a pas empêchée de se marier dans cette église. Quand elle a juré devant Dieu qu'elle serait, pour le meilleur et pour le pire, auprès de son mari, je savais qu'elle ne pourrait tenir sa promesse. Comment être fidèle à quelqu'un qui n'existe pas ? Je ne me suis pas trompé, elle a divorcé quelque temps plus tard. J'ai essayé de lui faire entendre raison, mais elle ne m'a pas écouté : rien, selon elle, ne mérite qu'on se rende malheureux. Ni Dieu, ni personne.

Elle a célébré son deuxième mariage à la synagogue. Son mari est de confession israélite. Elle ne croit pas en Dieu plus qu'avant, mais elle a accepté de se remarier religieusement car cela était important pour sa belle-famille. En plaisantant, elle me dit que, la prochaine fois, je serai invité à la mosquée. Je sais qu'elle célèbre les grandes fêtes juives ; par respect pour son mari, elle jeûne le jour du Grand Pardon, et lui, il assiste à la messe de minuit le soir de Noël. Leur système semble bien fonctionner, ils sont ensemble depuis sept ans et elle est très heureuse. Elle me le répète souvent. Mais on parle assez peu de sa vie privée. Les sujets qui nous préoccupent sont en général tirés de l'actualité.

J'aime la relation qui s'est tissée entre nous car j'ai le sentiment que, si je ne suis pas parvenu à la faire se rapprocher de Dieu, j'ai au moins réussi à la réconcilier avec la vie.

L'avocat

Le secret professionnel, le respect de la présomption d'innocence, des droits de la défense, du secret de l'instruction, la Convention des droits de l'homme, de l'enfant, des travailleurs, etc., etc., etc., le droit en général et ma fonction en particulier m'astreignent au silence. Je n'ai pas le droit de vous parler de nos affaires en cours, mais je peux bien vous dire deux mots de nos victoires passées. Il y a prescription.

Je l'ai rencontrée par le biais de son meilleur ami qui est le cousin de mon ex-fiancée. Je venais de prêter serment, je n'avais aucunement l'intention de m'occuper de divorces, mais elle était au bord du suicide : je n'ai pas pu refuser. Heureusement, je m'y connaissais en la matière, j'avais travaillé sur un dossier similaire au cours d'un de mes stages. Je lui ai réglé son histoire à l'américaine, elle a gagné le pactole. En quittant le domicile conjugal, son mari a fait la connerie de sa vie et, même si l'adultère n'est plus en France une cause de divorce, quand on arrive à le prouver, c'est quasiment le jackpot. Ce con-là n'avait pas de code sur son portable. À l'époque, les systèmes de verrouillage n'existaient pas encore. On a réussi à intercepter tous ses messages et on a pu le filer partout où il retrouvait ses maîtresses. Elle en était malade, elle les connaissait toutes. Elle a reconnu une copine du lycée, la collaboratrice de son mari et même sa propre sœur. Quelle salope, celle-là, avec son air de sainte-nitouche. Elle n'en revenait pas. Une sœur qui vous pique votre mari, il faut dire que c'est énorme. On les a toutes prises en photo, sauf sa sœur. Elle ne voulait pas provoquer d'esclandre dans sa famille. Elle refusait que l'humiliation s'ajoute à sa souffrance. C'est dommage, car elle aurait pu demander davantage au titre des dommages psychologiques. Après les photos, ce fut un jeu d'enfant : il ne restait plus qu'à rédiger le dossier. Malheureusement, ce type a des moyens limités ; s'il avait été riche, elle aurait une pension plus qu'honorable. Il lui donne le tiers de son salaire, ce qui n'était pas gagné d'avance.

Je me suis occupé du contrat de son deuxième mariage. Je lui ai ficelé quelque chose de vraiment solide, elle n'a aucun souci à se faire. Elle a épousé un gros industriel, beaucoup plus âgé qu'elle. Il l'aimait tellement qu'il a accepté de se marier sous le régime de la communauté. S'il bouge une oreille, il perd la moitié de sa fortune. Personnellement, je le trouve totalement inconscient, mais ma cliente, c'est elle. Heureusement que j'étais là pour la conseiller, car elle aurait répété les mêmes erreurs. Elle n'est pas du tout intéressée. Elle se fiche de l'avenir, elle vit au jour le jour, ne pense pas au lendemain. Dans les affaires, c'est la même chose. Dernièrement, elle a signé un contrat avec un éditeur pour un livre sur l'histoire de la publicité. Elle était tellement excitée qu'elle ne m'a pas consulté. Résultat, elle s'est fait avoir jusqu'à la moelle. Elle ne touche aucun à-valoir et se retrouve liée à cet exploiteur pour trois autres ouvrages. Son livre ne marchera certainement pas, donc ce n'est pas très grave. C'est une enfant, inconséquente. Elle me téléphone toujours au dernier moment et, en une journée, elle imagine que je vais régler ses problèmes. Elle me prend pour Superman.

Quand elle m'appelle pour me demander des conseils, elle ne se rend pas compte que l'heure tourne. Si on était aux États-Unis, ses appels lui coûteraient une fortune. Elle, elle pense ne me devoir de l'argent qu'en cas de procès. Mais les procès, je les évite au maximum, il n'y a que les mauvais avocats qui vous mènent au tribunal ! Les bons trouvent toujours des compromis, des solutions par arbitrage. Les non-juristes se font une fausse idée de notre profession. Ils ont une image d'Épinal en tête, nous voient en robe, défendant la veuve et l'orphelin. De sa part, c'est assez curieux car, si mes souvenirs sont bons, elle est titulaire d'une licence de droit. Trois ans d'études, ce n'est tout de même pas rien, elle devrait savoir comment ça se passe. Parfois, j'ai l'impression qu'elle m'a menti. Les gens mentent souvent à propos de leur formation. Ils vous disent : j'ai fait du droit, de la psycho, des lettres, alors qu'ils n'ont jamais foutu les pieds en cours. Et tout cela parce qu'ils ont payé leurs frais d'inscription et qu'ils ont gardé leur carte d'étudiant.

Les bons comptes font les bons amis, alors maintenant, je ne la prends plus au téléphone. Ma secrétaire note ses requêtes, me les transmet et je fais une sorte de devis. Je lui envoie mes tarifs. Après on voit. Elle est adorable, mais elle n'arrive pas à comprendre qu'une consultation, c'est soixante euros de l'heure. Si tout le monde se comportait comme elle, je n'aurais plus qu'à mettre la clef sous la porte. Il nous arrive souvent de nous croiser car elle travaille non loin de mes bureaux. J'adore la voir, elle est charmante, mais nous n'arrivons pas à sortir du cadre du travail. Elle me dit : « Ah, au fait, tu sais, pour l'histoire de X, à ton avis, je lui envoie une lettre recommandée… » et ça dure des heures. Si j'avais prévu de me détendre, c'est raté. Je ne peux pas ne pas lui répondre, je suis courtois. Maintenant, j'évite les restaurants du quartier.

L'autre jour, je l'ai croisée sur les Champs-Élysées, mais elle ne m'a pas vu. Je ne sais pas si je dois vous le raconter… Elle était en compagnie d'un homme, ils se tenaient par la main. J'étais très mal à l'aise, je connais son mari. Le contrat de mariage, c'est moi qui lui ai fait signer ! Le pauvre homme, il a déjà potentiellement perdu la moitié de sa fortune, alors si en plus il est cocu… Il faut dire que le garçon avec lequel elle était valait le détour. Personnellement, j'en aurais bien fait mon quatre-heures. Un homme comme je les aime, la cinquantaine, les cheveux grisonnants, élégant, précieux mais pas trop, une vraie gravure de mode. Je n'ai pas pu m'empêcher de les suivre. Ils ont descendu l'avenue jusqu'au Rond-Point. J'étais étonné de la voir si légère car, avec moi, elle est toujours branchée sur dix mille volts. C'était une autre femme, épanouie, détendue. Elle avait rajeuni de dix ans.

Lorsque je vois des filles comme elle, je suis ravi d'être homosexuel. Si les femmes m'avaient attiré, je crois que j'aurais beaucoup souffert. Je ne supporte pas de ne pas savoir qui j'ai en face de moi. Je suis plutôt pragmatique, et les femmes ont une capacité à se démultiplier qui m'effraie. Elles jouent la carte romantique mais, en réalité, elles le sont beaucoup moins que tous les hommes hétéros que je connais. Les femmes aiment l'amour quand les hommes les aiment. Elles.

Le meilleur ami

Je l'aime comme ma sœur. On s'engueule sans arrêt, on n'est d'accord sur rien, mais on s'adore. On est liés tels les doigts de la main depuis l'enfance. Nous habitions dans la même rue jusqu'à l'âge de vingt ans, alors, forcément, ça aide. D'elle, je sais tout. Je la connais comme si je l'avais faite et elle, c'est pareil. Elle me comprend mieux que n'importe qui. On est assez exclusifs, on n'apprécie guère nos conjoints respectifs, alors on évite de se voir en couple. Depuis qu'on est tous les deux mariés, on ne se fréquente plus trop. Les dîners en tête à tête, les week-ends à Londres, le bricolage jusqu'à trois heures du matin le dimanche soir, c'est fini. La seule habitude qu'on ait gardée, c'est de faire notre shopping ensemble. Je suis son conseiller vestimentaire numéro un. J'adore la regarder essayer des robes. Elle est trop mignonne. Elle garde toujours son pantalon sur ses chevilles. On dirait une petite fille. Les vendeuses, avec leur côté plus snobs que les clientes, sont toujours au bord de la crise de nerfs. On n'est plus scotchés ensemble, mais on se parle tous les jours. C'est vital. La plupart du temps, on ne se dit rien de particulier, mais c'est sans importance : on s'entend, c'est l'essentiel.

Je crois que toutes les épreuves que nous avons traversées sont autant de liens indestructibles. L'un pour l'autre, nous avons été présents dans les moments extrêmes : les plus douloureux comme les plus heureux. Ce que je vous dis là paraît évident puisque je suis son meilleur ami, mais ce n'est pas toujours le cas. Dans la vie, on a très peu d'amis. Moi, je n'en ai qu'une et je pense, du moins j'espère, que, pour elle, c'est la même chose. Il faut être intelligent pour conserver ses amitiés. C'est elle qui me l'a appris. Quand elle est tombée enceinte, la première fois, j'étais dépité. Je trouvais que le père de l'enfant ne la méritait pas, je lui en voulais d'avoir été conquise par un homme aussi médiocre. Il était radin, triste, exclusif…

son opposé ! Je voulais qu'elle ouvre les yeux. Je savais que ça ne durerait pas et j'avais vraiment envie de lui éviter de commettre une erreur. Elle m'a dit qu'il y avait des erreurs nécessaires et que son chemin était peut-être celui de se tromper. Elle me demandait d'être tolérant, d'accepter qu'elle ne soit pas parfaite. Je trouvais que c'était ridicule mais, en réalité, ça ne l'était pas du tout. Il fallait que j'apprenne à l'aimer pour ce qu'elle était, et non pour ce que j'aurais voulu qu'elle soit. On en a reparlé récemment. Elle m'a avoué que, lorsque j'ai décidé de m'installer en Inde, il y a une dizaine d'années, elle pressentait que je n'y trouverais rien… Mais elle ne m'a rien dit. Elle m'a laissé vivre mon expérience, sachant que je n'avais pas suffisamment de recul pour saisir ce qu'elle voyait.

On ne se fâchera jamais, parce que notre amour n'a rien d'égoïste. Je la veux heureuse, cela seul m'importe.

C'est une fille formidable. Elle a des défauts, bien sûr, mais on n'aime pas les gens pour leurs qualités. On aime les gens pour leurs défauts. Par exemple, la jalousie est un des vices que je supporte le moins mais, chez elle, je l'apprécie.

Sa jalousie la rend humaine, fragile. Quand je la vois s'énerver parce que le portable de son mari est sur messagerie et partir dans des paranoïas incroyables, j'ai envie de la serrer fort dans mes bras. On dirait une adolescente. Qu'elle se permette de dépenser des sommes exorbitantes pour des bonsaïs, alors qu'elle ne trouve pas le moyen de m'offrir un petit quelque chose pour mon anniversaire, me met aussi en rogne. Je rumine dans mon coin, mais quand je la vois débarquer avec un joli paquet dans les mains, sans occasion particulière, je fonds. Lorsqu'elle rentre de voyage, elle a toujours un cadeau pour moi. Elle est très généreuse, mais les dates, ce n'est pas son fort. Elle oublie l'anniversaire de ses parents, alors le mien…

Sous ses grands airs, c'est une femme très sensible. Un rien la retourne. Elle essaye d'être libre, légère, de se persuader que les choses n'ont pas tant d'importance, mais elle n'y parvient pas. Les relations qu'elle entretient avec sa sœur en sont le meilleur exemple. Quand elle a appris que sa sœur était une des maîtresses de son premier mari, elle n'a eu aucune réaction. Elle était tellement blessée qu'elle a ravalé sa haine, mais elle n'a jamais fait le deuil de cette trahison. Elle a pour sa sœur un mélange de rancœur et d'amour qui la rend malade. Cent fois, je lui ai dit de crever l'abcès, mais elle ne veut rien savoir. Je suis le seul à être au courant, même son psy ne sait rien. Elle est têtue, encore un de ses gros défauts ! Cette souffrance l'a changée… Depuis, elle n'est plus tout à fait la même. Pas avec moi, bien sûr, mais son rapport aux hommes s'en est trouvé complètement modifié. Inconsciemment, c'est un peu comme si elle voulait venger toutes les femmes trompées. J'ai beau lui dire que les hommes la regardent et la désirent, que certains sont prêts à l'aimer, elle ne se défait pas de l'idée que ce sont tous des salauds. Elle a perdu confiance en elle. Elle joue des rôles qui ne lui ressemblent pas, s'autodétruit en passant des bras des uns à ceux des autres. Elle s'est choisi un deuxième mari qui n'est pas méchant, mais qu'elle manipule totalement. Elle dit préférer être aimée qu'aimer, ce qui est absolument faux. C'est une passionnée, elle ne peut pas vivre sans sentir battre son cœur. Pour combler le manque, elle se trouve de piètres substituts. Je sais qu'en ce moment elle voit un type dont elle ignore tout, avec lequel elle n'échange rien, si ce n'est un peu de sexe. Et, la connaissant, il ne doit pas s'envoler. Ce n'est pas une fille qui peut passer l'après-midi au lit avec un homme et, le soir, regarder son mari droit dans les yeux. Je suis sûr qu'elle ne profite de rien : ni des moments qu'elle passe avec son amant, ni de ceux qu'elle partage avec son mari. Elle doit avoir l'estomac noué avec l'un et l'autre. Si elle vivait bien cette situation, elle ne m'en parlerait pas. En fait, c'est une vraie romantique. Pour se sentir vivante, elle serait prête à faire n'importe quoi. Vous me diriez que vous l'avez croisée dans une vitrine d'Amsterdam, je ne serais pas choqué. Elle accumule les expériences, cherche à faire monter son taux d'adrénaline. C'est une surenchère permanente, car elle finit toujours par s'ennuyer. Elle n'est pas dépressive mais, comme toutes les femmes, il lui arrive de déprimer. Et cet état-là la rend furieuse. Elle se déteste de ne pas être douée pour le bonheur, alors elle se punit. Elle couche avec un inconnu, prend de la drogue, se jette sur son frigo, se dispute avec les gens qu'elle aime… elle se salit. Heureusement, ses crises sont rares et de courte durée. Je suis là pour la remettre sur le droit chemin.

Je suis le parrain de son fils et ce gamin m'angoisse énormément. C'est le seul sujet dont nous ne parvenons pas à discuter. Je ne peux pas faire une remarque sur cet enfant sans qu'elle sorte les griffes. Elle en est dingue. Il est mignon, anormalement intelligent, mais malheureux comme les pierres. Elle ne sait pas l'aimer, et il en souffre. Elle est extrêmement exigeante, reporte sur lui toutes ses ambitions. Il vient d'avoir douze ans et ses préoccupations sont celles d'un type de trente-cinq. Il s'inquiète de ne pas encore savoir ce qu'il veut faire, craint toujours de décevoir sa mère… sa vie est un cauchemar, il a déjà perdu son innocence, ses illusions ; il est à fleur de peau. Il a hérité de la sensibilité de sa mère, qui ne le préserve pas assez. Devant lui, elle est un livre ouvert ; il s'imprègne de son mal-être comme une éponge. Je ne peux lui en vouloir de ne pas être une mère exceptionnelle, car elle est mère et cela suffit à m'imposer le respect. Moi, je n'ai pas d'enfant. Je n'ai jamais réussi à sauter le pas. On a commencé ensemble dans la vie, mais elle est allée plus vite que moi. Elle avance, elle avance et, parfois, je la tire par la manche pour qu'elle n'oublie pas les enfants que nous étions. Elle me regarde, retrouve son joli sourire, et nous redevenons aussi vierges qu'au temps où la vie ne nous avait pas encore abîmés.

Je m'appelle Marie Grivert, je suis née le 12 avril 1968 dans le neuvième arrondissement, à Paris.

Je suis brune, j'ai la peau mate, je mesure un mètre soixante et onze. Je suis obligée de vous dire mon poids ? Non ? Tant mieux, je me trouve trop grosse. Faut maigrir ? Vous êtes drôle, vous ! Je suis sans arrêt au régime, je me prive au moins dix fois par jour, mais ça ne change rien. Si j'avais du temps à perdre, je ferais des procès pour publicité mensongère à plus d'une marque de crèmes amincissantes... Non, je plaisante.

J'ai aussi une malformation : un œil vert, un œil jaune. Quand j'étais petite, tout le monde croyait que je louchais, ce qui m'a valu d'être la risée de toutes les classes, de la maternelle au bac. Le cauchemar. Les garçons se moquaient de moi, jusqu'au jour où ils ont trouvé un certain charme à cette bizarrerie. Je n'ai jamais compris pourquoi. J'ai voulu me faire opérer mais, à part les lentilles, il n'y a rien à faire. C'est dommage, je ne les supporte pas.

Je porte les cheveux ondulés, mi-longs, légèrement dégradés. J'ai envie d'une coupe à la garçonne depuis mes dix-sept ans, mais je n'ai jamais osé passer le cap. Ma mère m'a rabâché toute ma jeunesse que je n'étais pas assez féminine, alors sans mes cheveux ! Je le ferai peut-être après la ménopause, on dit que cela donne un coup de jeune...

Ma couleur préférée est le rouge, mon gâteau favori, la tarte aux fraises. Les meilleures se trouvent dans une petite boulangerie dont j'ai oublié le nom, près du marché Saint-Pierre. J'y vais chaque semaine.

Je collectionne les flacons de parfum miniatures. Avant, j'aimais bien les bonsaïs, mais depuis que j'ai quitté mon ex-mari, je ne peux plus les supporter. J'ai donné tous les miens en gardiennage *permanent* à mon père qui les collectionne. Pour ne pas la décevoir, je lui ai dit que mon mari détestait les plantes.

Moi, ce que j'aime, ce sont les surprises, la pluie fine sur les toits de Paris, les dimanches matin en été, les feux dans la cheminée. J'aime aussi les crèmes bien blancs avec beaucoup de mousse, le vernis rouge vin et les Stabilo jaune fluo. J'aime les puces de Vanves et de Saint-Ouen, les quais de Seine, les lys Casablanca, le jardin du Luxembourg à l'automne. J'adore les croquis de styliste, les studios et le lait fraise. La Roumanie me passionne, les prostituées m'intriguent, les femmes sans enfants m'émeuvent. J'aime les garçons qui cherchent leurs mots en tapant sur leur paquet de cigarettes, la publicité quand elle coupe de mauvaises émissions. J'aime les maçons qui me disent que je suis jolie du haut de leurs échafaudages, les chauffeurs de taxi qui sortent de leur voiture pour m'ouvrir la portière. J'apprécie le bonjour de mes voisins, la confiance de mon patron, le silence de mon psychanalyste. Mais je déteste celui des confesseurs.

Et je déteste aussi la viande de cheval, la cervelle, les abats, les hommes qui ont des porte-monnaie, les vendeuses qui ne disent pas bonjour, les queues dans les supermarchés, les gens qui se regardent dans le miroir quand vous leur parlez, les fins de vacances, les fins de soirée, les fins du monde. Je ne supporte pas que ma mère me dise « ça va » quand elle a pleuré toute la nuit, je ne supporte pas que mon dentiste me dise que je suis douillette quand il m'arrache trois dents le même jour. Je n'aime pas les hommes qui ont besoin de tout savoir.

J'ai une vie plutôt banale, une vie de citadine qui me vaut le surnom de « fleur de bitume ». Ce que je fais de mes journées ? Je ne les vois pas passer. Entre mes enfants, mon mari, mon travail et ma maison, j'ai finalement très peu de temps pour moi. Toutes les femmes doivent dire cela, mais c'est la vérité. J'arrive quand même à me débrouiller. Je travaille dans les cafés et, tous les jours en fin d'après-midi, je vais à la piscine. Je me fais une toile de temps en temps, à dix-huit heures, je me partage entre les uns et les autres.

Mes qualités ? Il faut demander aux gens qui m'entourent.

Mes défauts ? Idem.

Menteuse ? Qui vous a dit cela ? Malheureusement, je n'ai pas cette qualité. Il m'arrive de taire certaines choses, mais c'est par pudeur ou par facilité. Je n'aime pas les discussions inutiles, je les évite.

Caméléon ? Pas du tout ! Je suis incapable de changer de peau, dès que je ne suis plus dans mon élément, je manque d'air. J'ai besoin d'être entourée par les gens que j'aime.

Hypocrite, moi ? Vous n'êtes pas très gentil. C'est faux, je ne suis pas hypocrite. Je pense toujours ce que je dis, mais je ne suis pas obligée de penser tous les jours la même chose.

Oui, je vous l'accorde, je suis jalouse. Enfin, non, « exclusive » serait le terme plus adéquat. J'ai du mal à partager les gens que j'aime.

Séductrice ? Je ne pense pas. Je crois que je suis plutôt « séduisible ». Ce n'est pas très difficile de me plaire, j'arrive toujours à trouver quelque chose de bien chez quelqu'un.

Ah, nous y voilà, les hommes ! Grande question ! J'étais sûre que je n'y échapperais pas. Les hommes, les hommes... que voulez-vous que je vous dise ? Je ne suis pas très bien placée pour en parler, je vous l'ai dit, je ne suis pas une séductrice. J'ai eu mon heure de gloire, comme on dit, des petits prétendants à droite à gauche, mais je n'ai jamais brisé le cœur de personne. Je suis assez normale, une femme comme des milliers d'autres, une femme comme on en croise tous les jours et que l'on remarque… ou pas !

Table des matières

RÉALISATION : PAO ÉDITIONS DU SEUIL
IMPRESSION : BRODARD ET TAUPIN À LA FLÈCHE
DÉPÔT LÉGAL : JUIN 2006. N° 68689. (35768)
IMPRIMÉ EN FRANCE